移動島傳奇

ENDLING

唯一繼承者 The Only

3

凱瑟琳・艾波蓋特 ———— 著　黃鴻硯 ———— 譯

獻給麥可

不要懷疑，一小群有思想、意志堅定的人民就能夠改變這個世界，而且事實就是如此。

——瑪格麗特·米德

末體
名詞

1. 某物種（偶爾會指某物種的亞種）的最後一個個體。
2. 正式宣告某物種絕種的公開典禮；終禮。
3. （非正式）注定失敗或唐吉訶德式的冒險者。

——《聶達拉帝國官訂辭典》，第三版

目次

第一部　眼睛與耳朵

1 非常好的問題 14
2 創造奇蹟 20
3 給卡拉的承諾 27
4 行進中 34
5 前一夜 41
6 碧克斯大使 48
7 河底 55
8 日出與沙泰爾 60
9 海底宮殿 66
10 與女王對話 73

第二部　聲音

11 帕維詠女王的要求 84
12 軍事會議 91
13 兩隻小生物 99

14 再見，麥克辛 105
15 噶基叩哎茲庫塔 112
16 殘幹 118
17 瑞格勒 124
18 意外的和善 130
19 渥比的團圓 136
20 入內 142
21 真話與謊言 148
22 壞消息 154
23 等待拉提頓 159

第三部　心

24 戰場上 166
25 戴瑞蘭人 172
26 第一次戰鬥 178
27 斐利韋戰士 183

28 甘布勒的驚喜 189
29 道別 197
30 卡拉的決定 203
31 恐懼，一個忠實的朋友 209
32 埋伏 216
33 就我們所知能做的，只有這些了 220
34 戰爭逼近 225
35 一觸即發 231
36 卡拉的挑戰 236
37 瘋狂小貓與膽小人類 240
38 騎著大馬的小女孩 246
39 最終的戰鬥 252
40 奇事的時代 255
41 七物種宣言 261
42 與托布旅行 268
43 歸來 275

尾聲　十年後…… 279

作者謝詞 283

第一部 眼睛與耳朵

1 非常好的問題

我叫碧克斯，是一隻玳恩。

我並不擅長打獵。

那麼，我為什麼要自願與我的朋友甘布勒、薩比托一起去獵埃許溫呢？

好問題，真是個非常好的問題。

「碧克斯，妳聞到了嗎？」甘布勒的聲音沙啞而宏亮。「妳的鼻子比我還靈光。」

甘布勒是一隻斐利韋，像貓一般的巨大生物。他的皮毛漆黑又閃亮，像河裡的石頭，只有臉上的白線條例外。薩比托是一隻拉提頓，巨大的掠食性鳥類，翅膀展開的寬度跟甘布勒的身體一樣長。

甘布勒動作迅速，有爪子、有尖牙。薩比托動作飛快，有爪子、有尖喙。

我呢？我有笨拙的步伐，真絲般的白毛，連小貓都嚇不了的牙齒。

另一方面，玳恩像狗一樣（相似度可不是一點點而已），有相當靈敏的嗅覺。

「我聞到牠們的味道了。」坐在哈沃克背上的我說。哈沃克是一匹帶斑點的銀馬，正小心翼翼踩著淺溪水面下的石頭。「但風向一直在變，我無法確定是哪裡吹來的。」

到達對岸後，哈沃克艱難的攀上陸地，而我拚了命緊抓住牠。前方地面平坦，而且相當開闊，上頭生長的小樹距離拉得很開，我們很快就趕上了不斷奔跑的甘布勒。欣賞狩獵中的斐利韋是非常美妙的事。牠們奔跑的時間還不如騰空滑翔來得多。

薩比托俯衝下來，然後在離我們頭上幾英尺的地方拉回水平的角度。牠可以利用地面反射的太陽熱度，短暫懸空一段時間，調整一、兩片羽毛。

「牠們就在前面。」薩比托回報，「有沒有看到那片草地？往那一排高高的落羽松後面看。」

我的嗅覺能力失靈，他的拉提頓之眼成功了。拉提頓之眼有多厲害？薩比托甚至可以從一千英尺外讀到我肩膀後方的書。

「薩比托老兄，也許，」甘布勒說：「你可以繞到後方，趁牠們逃跑時堵住？」

「我相信牠們打算應戰。」薩比托回答。

「哈，那麼，」甘布勒說：「晚餐有著落了。」

斐利韋曾經會獵殺我的玳恩同伴，如今不會了。不過，待在一隻飢餓的斐利韋附近，還是會感受到一絲恐懼，很難避免。

斐利韋的爪子就像箭頭，下顎咬得碎石頭。甘布勒也許是我最親愛、最忠實的好友，但他也是一個殘忍無情又高效率的殺手。

這又帶回到了前面那個問題。為什麼我要自願參加這次打獵？因為無聊？覺得自己在和平軍中有點沒用？需要證明自己並不害怕？

但我當然很怕。一隻斐利韋、一隻拉提頓，再加上一隻玳恩，對上十二隻飢餓又不爽的埃許溫？我們的贏面並不大。

埃許溫是一種奇怪的生物，像是野豬和大老鼠的混合體。牠們有兇狠的彎獠牙，用於襲擊好下手的目標——幼獸、傷者、弱小者。這一幫埃許溫曾經襲擊一個補鞋匠家庭，他們是和平軍的追隨者。

這支軍隊叫和平軍，但也不會任由埃許溫攻擊而不加以懲罰。我們要嚇跑埃許溫。不過那也得看埃許溫是不是嚇得跑的動物。

如果行不通呢？呃，交給甘布勒處理。

我們奔騰的步伐踏上了一塊開闊的草地，上頭有零星的凋謝野花，哈沃克的馬蹄猛踩著泥土地。野草長到牠肩膀隆起的高度，剛好可以遮住一隻趴伏的埃許溫。不過任何東西——任何東西，都逃不過拉提頓的法眼。

「前面有埋伏。」薩比托警告，「牠們分成左右兩邊，準備在你們通過時包夾。」

「我們準備好了。」甘布勒說。

他或許準備好了，我還沒。

哈沃克全速奔跑，我更用力抓緊牠的韁繩。風吹亂我的皮毛，塞了上百種氣味到我的鼻孔裡，包括埃許溫身上濃烈的氣味，以及我自己的恐懼——散發出銳利又有金屬感的味道。

「你們後面有四隻，那一排樹再過去有八隻。」薩比托回報，「後面那四隻迅速逼近中！」

「碧克斯，」甘布勒的聲音異常冷靜，「能請妳做一件有點瘋狂的事嗎？」

「像參加這次打獵一樣瘋狂嗎？」我問話時氣喘吁吁。

「能不能請妳跌下馬？」

「能不能……什麼？」

「我希望牠們以為妳很無助。」

「我確實很無助啊！」

「前面有一大片艽草叢，可以當妳摔落時的緩衝墊。」

甘布勒想拿我當誘餌。那就是我在這次打獵行動中，唯一的用武之地。我們都有各自的強項和弱點，可以貢獻時就會去做。至少，在哈沃克逐漸逼近草叢時，我是這麼對自己說的。

我讓左腳滑出馬鐙，做好準備。

再近一點。馬蹄像打雷那樣隆隆作響。

再近一點。

我滾下哈沃克的右側，聽到自己哀叫一聲。我摔進草叢的力道足以逼出肺裡所有空氣，不過草和長著蕈菇的小土墩緩衝了我的墜落，我還能坐起身。

眼前剛好迎向一隻氣呼呼埃許溫的獠牙。

牠衝了過來，頭壓得低低的，根本來不及閃躲。

那隻埃許溫飆向我，喉嚨發出勝利的嚎叫——「嘎嗚！」還滴下白沫口水，期待著用獠牙劃開我的那一刻。

「不——！」我大喊，我的聲音、四肢、心臟都充滿恐懼。

就在這時，一道黑色的模糊影子從藏身處跳出，伸出爪子，嘴巴大開。甘布勒巴中那隻埃許溫了。三秒鐘後，那野獸已處於可剝皮烹煮的狀態。

解決掉一隻了，還有十一隻。

三隻在我們後方，全速奔跑過來，身影劃開草地。不過由於草長得很高，牠們看不見彼此，而且顯然不知道牠們其中一員已經死了。

薩比托像流星般俯衝，張開翅膀，減速，攻擊其中一隻埃許溫。他的爪子陷入對方的頭顱。

至於甘布勒，他又解決了後方的另外兩個敵人。已經有三隻埃許溫準備下鍋了。

在此同時，躲在那一排樹後方的八隻埃許溫做了愚蠢的決定——前來幫助遇襲的夥伴。牠們成群逼近，又吼叫又尖鳴，像是由腐臭皮毛、發光獠牙、細眯紅眼所組成的一道牆。

帶隊衝刺的生物體型龐大，看起來更像馬而不是埃許溫。牠很老了，身上有許多戰鬥留下的傷疤。那些仗牠大概都打贏了。

我看到甘布勒的眼睛瞪得老大，不怎麼令人放心。「我來解決牠們的老大。」他說：「但妳，碧克斯，妳最好逃跑。」

「逃跑？」

「我不可能同時幹掉牠和剩下的。快逃！」

甘布勒衝過去攔截體型龐大的埃許溫女王。牠的同伴分成左右兩小隊，準備在領袖對抗甘布勒時包圍我們。

哈沃克繞回來我身邊了。我抓住韁繩，將自己拖上馬鞍。回頭——撤退之路在我眼前清楚的展開。

我不是獵人，也不是軍人。我是最不可能成為英雄的那種人。我每一個理性的念頭都同意甘布勒——逃跑的時候到了。

但甘布勒是我的朋友。

不只是朋友，他是我的家人。

我抽出小劍，催哈沃克往前衝。

2 創造奇蹟

一個半小時後，薩比托和我回到軍營了。我們在聶達拉中部，距離特拉諾一天半的路程。

我們累壞了，但對成果很滿足。雖然真正的苦差事大多是甘布勒扛起的。最後一隻埃許溫倒下後，甘布勒決定留下殿後，他的說法是，他很樂於「獨自用餐」。

「碧克斯！妳身上都是血！」我的朋友托布跑過來，並大喊。

我在主營火附近翻下哈沃克。「那不是我的血，托布。」

「妳確定嗎？」托布用小小的獸掌戳我，尋找傷口。

「我很好，托布。比很好還更好。我打獵回來了呢！」

「我看得出來。」他咕噥，瞄了一眼哈沃克拖回來的粗製長橇。

我們用藤蔓將樹枝綁在一起，打結固定，然後將三隻死埃許溫堆在上頭。剩餘的留在後頭，讓士兵去運回來。行軍中的軍隊總是需要糧食。

「我應該一起去的。」托布用眼神譴責我。

我並沒有把計畫告訴最忠實的渥比夥伴。我去哪，托布就一定會跟到哪。而我已經夠懷疑自己的狩獵技術了，沒辦法再擔心他的安危。托布的勇氣雖然可以跟一整支軍隊匹敵，但他的體型比小還要更小。我想好好保護他，就像他想好好保護我那樣。

托布和我，我們是很不尋常的組合。玳恩有許多類似狗的特徵，渥比則像是吃得很好的狐狸。眼睛大大的，耳朵甚至更大，有三條尾巴，天性友善、愛說話。極為彬彬有禮，而且表面看來，一點威脅性也沒有。

不過他們溫和的外表下藏著一顆戰士之心。渥比被逼到極限時的失控模樣，真的很驚人。我親眼看過幾個莫達諾（我們的死對頭）手下的士兵淪為托布怒火的受害者。

「對不起，托布。」我說：「該邀你去的。老實說，我很擔心自己無法勝任。我也不想擔心你的安危。」

「我自己可以罩自己。」他抬高下巴說。

我拍拍他的背。「我都知道。」

托布發出小小聲的抱怨。我聽出「魯莽」和「草率」兩個字，還有「我無意冒犯」和「我很確定妳有妳的理由」，因為托布是隻渥比，而渥比即使是抱怨依然彬彬有禮。

我認出其中一個負責餵馬吃喝的膳務員。「唐提！」我呼喊：「跑去跟廚師說，在西方半英里外發現了更多埃許溫。派輛馬車過去。」

「埃許溫？」唐提重說了一次，還倒抽一口氣。

「別擔心。牠們再也傷害不了任何人了。」

「看來妳現在成了偉大的獵人玳恩？」托布逗我。「我沒有任何不敬，我的朋友，不過妳真的該到河裡洗洗身體。妳散發出埃許溫的臭味了！」

「牠們是很噁心的動物。」我說：「除了當成食物之外沒有別的用處。」

「並不是『沒用處』。」薩比托那刺耳的拉提頓嗓音插了進來。我剛剛並沒有發現他就盤旋在後方幾英尺處，乘著微風。「埃許溫會挖伯瑞爾樹的根，有助樹木繁衍，而伯瑞爾樹則是許多物種的家。碧克斯，沒有什麼動物是沒用處的。每個物種都是一塊拼圖，拼出來的平面實在太大了，沒有誰可以一覽而盡。」

我看著地面，感到很懊惱。

「請原諒我，」薩比托放輕語調，「我不是想要說教。我也承認埃許溫稱不上是什麼……討喜的動物。」

我擠出一個微笑。不過薩比托說得對，所有物種都會對世界有某種貢獻。

而我，是所有生物之中，最該明白這點的。

很久很久以前，有許許多多的玳恩徜徉在聶達拉，也就是我們的家園之中。如今，我們剩下的成員屈指可數。事實上，我一度以為自已是世界上最後一隻玳恩，也就是末體。

玳恩毛絨絨的獸皮，是我們不斷遭到獵殺的原因。但導致我們種族幾乎滅絕的理由不只那一個。有太多玳恩，是因為一項特殊技能而招致殺害——我們可以判斷話語的真偽。

那是我們種族的天賦和詛咒。

人類想要我們的毛皮，但害怕我們的測謊能力。

我最近對人類多了一些了解。他們的欲望有時很強大，但恐懼又遠比欲望更大。不過，公平一點說，所有生物也許都是那樣。這段日子，恐懼似乎不曾離我而去，如影隨形。

「看到小一號的長毳了嗎？」我問，然後聽到自己的聲音帶著驕傲和羞恥混合出的不安情緒。「那一隻是……我的。」

「我又有一樣的感覺了，」托布盯著癱軟又血淋淋的屍體說：「還好渥比不是肉食動物。」他輕輕聳了一下肩。「『要記住，所有物種都有一席之地，』」他說：「『蟲子、鳥、人類都有。』」

「那是什麼？」薩比托問。

「出自一首詩，〈年少渥比的世界入門〉。」

薩比托降落到馬拉樹的紅色樹枝上。「我很想聽聽那首詩，」他說：「有沒有提到拉提頓呢？」

「六個偉大的統治者物種都提到了，」托布調整了一下細心編好的尾巴。「還有渥比，當然了。」

「托布，拜託，」我說：「我也想聽。」

「我不確定能不能完整背出來。」他老實說：「但我會試試。」

托布清了清喉嚨，發出輕柔但清晰的嗓音。

斐利韋，安安靜靜，跟蹤獵物。
閃躲日光的大貓。

特拉曼在土壤之下鑽孔，
又深又暗之處，無盡勞動。

奈泰特在深水中游泳。
大海與大洋是他的要塞。

拉提頓翱翔無雲天際，
以靈動之眼掃視世界。

玳恩揪謊，這珍稀的技能
沒有其他物種可比擬。

人類，永不知足，
時常受貪婪與自大鼓動。

渥比，友善但擁有兇猛之心，
在整個世界只占了一小部分。

要記住，所有物種都有一席之地，
蟲子、鳥、人類都有，
而大地上展開的每個新的一天，
都會為你創造奇蹟。

托布輕輕一鞠躬。我鼓掌，而薩比托拍動翅膀。「我相當喜歡，」薩比托說：「雖然我們拉提頓通常不熱中於詩歌。」

「『創造奇蹟』。」我嘆了一口氣。「我認為這陣子相當需要奇蹟。」

「我們會熬過去的，碧克斯。」托布說：「和平軍會成功的，非成功不可。」

我盯著數不清的，一排又一排蒙塵的帳篷，在眼前往遠處延伸，像墓石一般。「真希望我和你一樣樂觀。」

連我自己聽了，都覺得我的語氣好疲倦，聽起來好煩悶啊！從前的碧克斯跑哪去了呢？

沒有很久以前，我還只是一隻傻氣的崽子。是我們那窩玳恩中最弱小的。整天只天真的想著自己的事，等不及要見識這個世界。

呃，我的願望確實是實現了。我在這個世界上見識到太多東西了，我看到的痛苦、危險和死亡多到好幾輩子的分量。

我已不再是天真、愛做白日夢、好奇心旺盛、無憂無慮的碧克斯了。曾經光是一群彩虹色翅膀的奶油蝙蝠在風中飛舞，就能讓那隻小崽子盯著看好幾個小時。

從前的碧克斯不會衝上戰場殺埃許溫，不會在敵手倒下時發出蠢蛋般的勝利呼喊。

也許托布說得對，更好的日子在前方等著我們。也許從前的碧克斯躲在我內心深處的某個地方。

也許吧。

不過現在呢，我得先洗掉毛皮上的血。

3 給卡拉的承諾

這天晚上，我來到營火邊，加入同伴的行列。這營火與其他上百道火光將營地變成了滿天星斗的倒影。埃許溫變成了令人滿意的一餐，我們吃完都昏昏欲睡，飽到不行（托布則是煮了煎蚱蜢和蛆果凍）。

要忘記戰爭正在四周醞釀著、武裝哨兵圍繞著我們，是不可能的。但看著我的朋友，我就會感到冷靜，而我很樂意接受這樣的狀態。我原來的玳恩幫，被莫達諾士兵屠殺了，現在在我身邊的是這個跨物種的新家庭。托布、甘布勒、薩比托，以及倫佐——一個很好相處的人類，年少時期幾乎都靠熟練的偷竊技巧過活。還有狗——倫佐的同伴，流著口水的犬科動物。

麥克辛——我的玳恩同類，就坐在我身旁。我們在一個脆弱的玳恩小聚落發現他，而光是得知自己並不是末體，似乎就是一種勝利了。不過事實證明，玳恩仍然面臨著險境，走在瀕臨絕種的邊緣。那邊緣細得像刀刃。

坐在我另一邊的是卡拉珊德．多拿提，如今被稱為「聶達拉小姐」，她曾經獵捕我、拯救我，如今是我的朋友，如果有必要，我會為她奉獻自己的生命。

我們第一次碰面時，卡拉偽裝成男孩，幫盜獵集團工作。她抓到了我，救了我一命，然後一次又一次幫助我脫困。如今她率領著前所未有的軍隊——和平軍。

和平軍集結不是為了打仗，而是為了阻止戰爭。兩個掌握大權的暴君——我的故鄉聶達拉王國的統治者莫達諾，還有戴瑞蘭王國的斯格利卡薩處在爆發衝突的邊緣。他們兩個都想打仗，但他們的人民只想過平靜的生活。

這是個奇怪又沒有前例的概念——以維護和平為唯一目的的軍隊。我們之中從未拿過刀子的士兵還不少，有農夫、烘焙師、草藥學家、店員、鐵匠、桶匠、產婆、泥水匠和木匠。有些士兵是僕人或學徒，還有一些原本是奴隸，但卡拉無法容忍任何形式的奴役，因此還給他們自由。有許多跟我們一起行軍的人很年輕又青澀，還有一些老到不行，幾乎可以確定這將是他們最後一次冒險。

幸好，我們當中也有經驗豐富的戰士。那些男男女女很強悍，肌肉發達，眼光銳利。有些士兵身上顯然有戰爭留下的傷疤。就連我和我的朋友也在這一刻來臨前經歷了好幾個月的險境。

當新月滑過天空，我們窩在一塊，說故事，唱唱歌。倫佐的嗓音美妙，唱了一首快活的歌曲，歌詞提到一個少年愛上了一個長雀斑的少女。雖然我沒有辦法捕捉到所有微妙的情感（在戀愛這方面，人類難解得不可思議），不過我發現卡拉翻了不只一次白眼，淺棕色的皮膚在火光中泛紅。

不久後，我們都安靜了下來。卡拉向我揮手，意思是要私下談。

「你們需要人陪嗎？」倫佐站起來問。

卡拉笑了。「完全不用，這是我和碧克斯之間的事。」

「你們的損失囉。」倫佐誇張的嘆了一口氣，動作繁複的行禮。

卡拉的帳篷跟我和托布睡的一樣，不過前掀簾旁邊布署了一名衛兵，是位手拿長矛的年輕魁梧男子。我們進門時，他俐落的行了一個舉手禮。

卡拉點亮一根蠟燭，然後坐到她的小帆布床上，若有所思的盯著我。我坐到一個倒著擺的條板箱上，旁邊有一張臨時拼湊出的桌子，上頭擺著地圖。

「最近的情勢發展很有趣。」她說。

「好的有趣，還是壞的有趣？」

「我可能得請妳出個任務。」

我點點頭。「您吩咐，我照辦，親愛的小姐。」

「碧克斯，妳不是我的士兵，妳是我的朋友。我不會指揮妳，我只能請求妳。」

「不管怎樣，我都會去做，按照妳的……請求。」

「我還不確定，但假如我真的需要，妳可能會面臨危險。這事情和奈泰特有關，他們正在摸我們的底細，好決定到底是要支持和平軍……」卡拉打住了一下。「……還是要對抗我們。」

「是我漏了什麼嗎？海中生物要怎麼參與陸地上的戰爭？」

「好問題，碧克斯。答案是，我不知道。六大統治者物種當中，奈泰特的想法是最難解讀的。但如果我們能取得奈泰特的協助，莫達諾走海路入侵戴瑞蘭的所有計畫都會被奈泰特攔下。」

「幸好我不是妳，不用搞清楚這些。」

「問題就在於呢，碧克斯，要搞清楚的人不是我。」她對我露出心照不宣的陰謀式微笑。「而是妳。」

「我？」

我認為我有說話，但搞不好只是倒抽了一口氣。

「奈泰特要我們派使者，去聽聽他們的顧慮。」

「可是，我只是……我只是……」

「碧克斯，『我只是一隻單純的玳恩』那樣的時代已經結束了。如果我能成為聶達拉小姐，妳就能當碧克斯大使。」

「不，我不行！」我大喊。

卡拉探出身體，手壓在自己的膝蓋上。「我可以率領軍隊，碧克斯。不過我們的目標是阻止戰爭，不是參加戰爭。要辦到這點，就需要外交。也就是說，我需要妳的幫助。」

就是這麼簡單。如果卡拉需要我做什麼，那我要不就做，要不就拚了命去試。

但這不代表我可以開開心心的進行就是了。

「我要獨自前往嗎？」我問，感覺到肚子深處有冰冷的疼痛感。

卡拉搖搖頭，黑色的鬈髮在燭光中閃閃發亮。「獨自？不，當然不會。首先，我已知的任何力量都不可能拆散妳和托布。所以囉，那隻容易激動但總是彬彬有禮的渥比一定會陪妳去。我真希望能派甘布勒跟妳一起去，不過，呃，斐利韋遇到水……」

我笑了，想起威猛的甘布勒在非常淺的地下湖泊中緊張踮腳的模樣。

「麥克辛的狀態還不能旅行。薩比托呢？斐利韋討厭水，拉提頓更討厭。」

「倫佐呢？」

「倫佐。」卡拉又說了一次，而我敢發誓，她一想到要是他出門不在，就陷入了憂愁。「對，他也許派得上用場。」她點點頭。「對，當然就是倫佐。」

「我們什麼時候上路？」

「前往特拉諾只需要幾個小時的時間，到時候就在河邊城鎮的附近紮營。隔天早上，我們就接見奈泰特的使者，他會帶你、托布、倫佐搭船前往奈泰特女王的宮殿。你們到了之後就聽聽她的想法，然後將我們從薩朵那裡……借來的盾牌和皇冠獻給她。」

與其說偕，不如說是偷來的盾牌和皇冠。不過說句公道話，我們當時處在生死關頭。

「我會盡力。」我說。

「我知道妳會。」卡拉說。

我們都站了起來，但在我準備離開時，卡拉抓住了我的手。「碧克斯，」她說：「我有忠心耿耿的將軍和全心奉獻的士兵，我也把倫佐、托布、甘布勒、薩比托視為最好最好的朋友。不過我接下來最信賴的人會是妳，不是別人。」

「我。」我重複她的話。「為什麼是我？」

「因為我們一起經歷了許多事，因為我知道我永遠可以靠妳聽到真相。」卡拉瞄了一眼她小桌子上攤的一疊皺巴巴地圖。「碧克斯，我已經盡全力擬出接下來的計畫。不過我知道一件事——對戰場來說，計畫是一個笑話。」

我擠出一個小小的笑容。

「在我來看，要阻止這場戰爭會面臨三個關鍵挑戰。第一個，就是得確保奈泰特站在我們這一邊。我需要妳當我的眼睛和耳朵才能做到這點。妳得與奈泰特女王談談，留意有沒有欺瞞的跡象，尋找我們與她建立信任關係的依據。」

「我可以。」我說，雖然我在自己的嗓音中聽到疑慮。

「下一個挑戰，」卡拉接著說：「是招募其他物種加入我們的志業。我需要妳為和平軍發聲，解釋我們的任務、確認成員的忠誠。如果妳感覺到他們動搖，就得拿出說服力。玳恩深受其他物種信任，我們應該要將這點變成優勢。」

「我可以。」我又說了一次，這次顯然很沒有把握。

卡拉微笑了，雙手按上我的肩膀，她輕聲說：「有妳在身邊，我實在太幸運了，碧克斯。」

「妳還沒說第三個挑戰。」

「前兩個是外交手腕，但最後一個……」卡拉的雙手垂到身體兩側。「如果……要是，當和平軍對上莫達諾的軍隊和卡薩的兵力時，我們要不就是阻止戰爭、壓倒他們，不然就是努力嘗試，至死方休。」

我的喉嚨彷彿卡著一顆銳利的石頭，我將它吞下。「放心交給我吧，卡拉。我保證會當妳的眼睛和耳朵，也會為妳發聲。」

「我的眼睛、耳朵、我的聲音，也是我的心。」卡拉眼神閃閃發亮。「現在先去睡一下吧。妳就要踏上冒險旅程了。」

「危險的冒險。」我喃喃自語。

「碧克斯，我的朋友啊。世界上有不危險的冒險嗎？」

4 行進中

隔天一早，我們總共四個並排、持長矛的五千人縱隊，橫越了微微起伏的聶達拉平原。那天晴朗又涼爽，陽光明亮。不時會有頭盔或胸甲反射強光，刺得我睜不開眼。

騎馬的士兵大約有十分之一。剩下的大多是人類，都靠瘦痛的雙腳前進。我們已經在路上好幾個禮拜了，不過精神很高亢。

縱隊中的騎士有男有女，不是穿著多拿提的藍衣，就是穿柯普利的橘衣。不過卡拉請一群裁縫師想出了新的制服，象徵團結的聶達拉，而她自己已經率先穿上了這戰袍。它是淺藍色的，有鮮豔的綠色如火光般妝點，象徵厄曼的紫杉——也就是許多年前，偉大的跨物種和平契約的締結地。

不過，引起士兵交頭接耳、爭相目睹的並不是卡拉的戰袍，而是掛在她側邊的劍。那知名的武器被施了法術，外觀看起來很平凡，甚至有點破爛，只有在盛怒之下拔劍時，才會變個樣子。在那樣的時刻，它的力量令人屏息。瞄一眼刀刃，你就會清楚明白

它為何叫聶達拉之光了。

上路一小時後，我催哈沃克小跑步來到卡拉旁邊。她的大將軍瓦利斯客氣的駕著駿馬退到一旁，讓我靠近。瓦利斯最近晉升成將軍，是柯普利家的一員，多拿提家長年的宿敵，但現在與和平軍結盟。

騎在卡拉另一側的，是一個叫藍臉波蒂克的中年女子，她很久以前在戰場上失去了一隻耳朵和一隻眼睛，另一次還失去了左手的三根手指。大家叫她藍臉，是因為她在臉頰上刺了一隻寶藍色、盤繞成一團的蛇，蓋住一個可怕的疤痕。

我愈來愈喜歡波蒂克。她也許不是一般人舉辦茶會時常邀請的對象，但戰爭前夕，你絕對會希望待在這樣的戰士身邊。

「碧克斯，妳還好嗎？」卡拉問。

「老實說，內心有點沉重。」我說。

「別那樣，我對妳完全有信心。」

我決定換個話題。「我們今天還要走多遠？」

「我們要徵求河邊的要塞村莊同意，在村外紮營。」

「他們不太可能對軍隊說『不』。」瓦利斯將軍說。聽起來語帶威脅，不過一名紅髮巨漢說出口的每一句話都像是語帶威脅。有一次，瓦利斯彬彬有禮的請托布讓他喝一口水袋裡的水，結果那隻小渥比竟然昏過去了。

「說的是，將軍。」卡拉同意。「不過我們必須尊重村民的任何決定。我們是和平軍，會以和為貴。」

「當然，如果被攻擊就是例外了。」瓦利斯將軍回話，隱約有點期待。

卡拉點點頭。「那是例外。」

「將軍，你期待他們發動攻擊嗎？」我問。

「我沒辦法在玳恩面前說謊。」他說，表情產生些微的變化，也許可稱為微笑。「我們當中有些人喜歡打打小仗。」

波蒂克拍拍自己的劍，「就只是……呃，當作調劑囉。」

「但願會讓他們失望囉。」卡拉說：「不過要是有誰攻過來，我們一定會展開防衛，充滿正當理由的燃燒怒火，將來就不會有人膽敢再試探我們。」

儘管我常聽卡拉說話，但她偶爾聽起來就跟她的將軍一樣嚇人。她和我一樣，變了一個人嗎？還是說，她只是擁抱一個更無私的角色，做一個她理當成為的領袖？

我又成為了什麼樣的我呢？絕對不是碧克斯大使，雖然卡拉對我有信心。

甘布勒大步慢跑過來，托布坐在他的背上。事實證明，對托布而言，與其跟我一起坐在哈沃克背上，騎在甘布勒背上更舒服。甘布勒嘴巴上雖然抱怨，但他很享受托布的陪伴。

「我們什麼時候停下來吃飯啊？」托布問：「我早餐吃太少了。毛毛蟲好像永遠無法滿足我，太多絨毛了。」

「我覺得不會停下來了。」我回答：「看到遠方特拉諾河旁邊那個用圍牆圍起來的村子了嗎？我們的計畫是在牆外紮營。」

「別擔心，托布。」卡拉笑了，「頂多在一點五里格外。」

「很抱歉，」托布說：「我的胃並沒有和我的頭腦一樣有禮，它不停咕嚕叫。」

我忍不住笑了。玳恩挨餓時，肚子會發出尖鳴。相比之下，咕嚕叫似乎總是比較……明顯。

「雖然昨天吃了那些埃許溫，但我不反對吃些小點心。」甘布勒瞄一眼肩後方的托布，「而我背上剛好有美味到了極點的小零嘴。」

「在你背上？」托布轉頭張望，然後想通了。「噢，我懂你意思了，但你當然是在開玩笑吧。」他說，然後拍拍甘布勒的身體側邊。

「我是嗎？」甘布勒問，淺藍色眼珠微微閃著光。

「甘布勒，」卡拉說：「我們不吃自己的夥伴。」

「我同意。」甘布勒說：「除非被惹毛了。」

我向甘布勒使了個眼色，他回我微笑。斐利韋的微笑和斐利韋的咆哮很難分辨，都令人十分不安。「托布，如果我是你，我會小心一點。」我警告他，「甘布勒看起來確實有點餓。」

「不好笑，碧克斯。」托布說：「一點也不好笑，別耍笨了。」

「這個嘛，托布，你要說我笨可以，但我相當確定甘布勒從來沒被人說過笨。」

「笨。」甘布勒露出痛苦的表情，「光這字就構成我吃你的理由了。」

在我們後方，有個中士開始精神答數，讓手下士兵用同樣的速度前進。他粗啞的男中音決定了眾人的步伐。

左，左，左右左。
我們背上的矛，尖又長。
和平軍，雄壯又威武。
仔細聽好，聽這首歌裡的警告：
輕舉妄動，我們就收下你們的頭。

我現在已經很熟悉這些答數了，有時候還會加入。士兵稱之為「韻律」。這些押韻詩通常都很有趣，而且很好鬥。

回過神來，我已經跟著這些答數哼唱了，但我並沒有辦法採取相同的步調，因為我的馬不在乎中士在喊什麼。哈沃克有牠自己的步伐，真是謝囉。牠是卡拉的家族送我們的四匹馬之一，體型夠小，玳恩也駕馭得來。至少大多數時候啦。

幾分鐘後，我們來到了一個小池塘附近，池水表面結冰了。一棵大樹矗立在其中一端，一窩嘰嘰喳喳的藍色松鼠坐在黑色粗枝上，盪在湖水上方。

這讓我想起小時候最喜歡的地方，一個叫「幽魂池」的深水坑旁的沙灘，離任何村子或道路都很遠。我們玳恩喜歡游泳，這是我們與狗共通的特性之一。那個池子的上方垂著許多克里勒樹樹枝，上頭纏著粗藤，藤蔓的淺黃色葉子帶著光澤。我的哥哥姊姊和朋友會一起爬上樹，抓住藤蔓，在水面上盪來盪去。

有些更愛冒險的玳恩會張開格利膜，也就是玳恩毛皮延伸出來的一層薄膜，讓我們可以像飛鼠一樣滑翔。張開格利膜免不了會有一種下場——突然下墜，激起大片水花和爆笑。

看起來很有趣，但我從來沒有試過。那座湖又冰又暗，幽魂池這個名字也讓人提不起勁。那時我很害怕。

「來啊，碧克斯！別當膽小鬼了！」那時，我的哥哥姊姊會這樣逗我。

「我會……只是今天不想。」我總是這樣回答，不過從來沒有膽量加入。

將尷尬又膽小的歲月當作寶貴的回憶，對旁人來說也許很奇怪。不過對現在的我來說，關於那段歲月的每一個回憶都是神聖的。那些我深愛著、也愛著我的人，只留下這些回憶了。在深夜，回憶偶爾會顯得比我現在的奇怪處境還要真實。

不過想到更年幼的我在水坑邊緣發抖，我的臉上還是會浮現懊悔的微笑。我以前竟然會那樣怕水，池裡面最嚇人的東西不過是閃閃發亮的魚。

如果當時有人告訴我，我有一天會張開格利膜，從高樓跳下，滑向莫達諾的邪惡預言家，我一定會翻白眼。如果有人告訴我，我將來會大膽的站在莫達諾本人面前，還把可怕的火騎士引進陷阱中，或想出攻擊瑪索尼海盜船的方法，我一定會大笑出來。

坐在馬鞍上的我，轉身瞄了一眼小池子。我身後的大軍行進著，上方懸浮著一片沙塵。其中一個士兵扔了一顆石頭到平靜的水面上，只激起了一點點漣漪，便消失在黑暗中了。

5 前一夜

正午前，我們抵達了圍牆圍起的村落，從路過的農夫那裡得知這村落叫卡倫韋。我們愈接近，看起來就愈不起眼。圍牆沒比高個子的人類高多少，甘布勒一跳就可以越過去。

卡拉去找卡倫韋的村長會談，對方叫蒼白的塔朗，是淡黃色頭髮的高個子。她帶我一起過去，判斷對方說的是不是真話。我們獲准在圍牆外紮營，半小時後回到了軍中。村民得知我們的任務後，有二十三個村民自願加入和平軍，包括塔朗本人。他辭去村長的工作，帶著雙刃斧來到營地。

我們搭起帳篷，鋪好鋪蓋、挖公廁、照料馬兒，這些乏味的例行公事已經成了本能。卡拉派了一支先行部隊進入森林伐木，準備拿來做尖板條，也就是削尖的木樁埋進土裡圍成的圓形柵欄，可以用來阻擋入侵者。立起尖板條是一大工程，會一路做到太陽下山，不過卡拉堅持要讓全部的帳篷都有足夠強的防禦力，遭受攻擊時才不會輕易被壓

倒。我們離開時會留下這些尖板條，村民可以自由取用。

那天晚上，我繞到麥克辛的帳篷去，那也是倫佐和狗休息的地方。這時裡頭只有他一個，窩在一張毯子上，在一小截火光搖曳的蠟燭旁。地上放著一根拐杖。麥克辛先前被莫達諾的士兵挾持，傷得很重，傷口還在復原中。

我們對碰了一下鼻子。「麥克辛，你還好嗎？」

「碧克斯，一天比一天好了。」

我低頭盯著他。他眼珠的顏色比我的還深，肩膀比我寬。他的毛是稻草色的，長長的耳朵像絲一樣滑順。我們有許多不同的地方，就像同一個物種的不同個體那樣。不過，麥克辛仍像是我的鏡子。當我看著他，就會看到自己。世界上剩下的玳恩太少了，每當我們在路上遇到，我都會為彼此的相似程度感到小小的震驚。

「妳又在盯著我了，碧克斯。」

「噢……抱歉。」我慌了。「我只是覺得，看到你，就有點像是看到我自己。」

「那樣很糟嗎？」

「不，不，當然不糟！但那會讓我想起我們有多孤單。我是說，我們玳恩。」

「我看到妳就會覺得鬆了一口氣，」麥克辛說：「覺得開心。」

我笑了。「你的腳還好嗎？」我指著他右腳上那個髒髒的夾板。

「呃，我最近還不會急著上戰場，不過狀況愈來愈好了。」麥克辛調整了一下姿勢，眉頭一皺，「妳明天就要出發了，感覺如何？真希望能跟妳一起去。」

吃晚餐時，卡拉與親近的顧問分享我的任務細節。托布、倫佐跟我一樣，打算全力以赴。他們也跟我一樣，對於造訪奈泰特感到緊張。呼吸空氣的生物待在深深的海底，這種處境一點也不普通。

「奈泰特會讓我打冷顫。」麥克辛說：「他們是我看過最奇怪的生物，也許只有特拉曼能和他們相比吧。」

特拉曼是長得像昆蟲的巨大生物，有三角形的頭和能夠緊緊咬合的下顎。奈泰特有各種外型和體型，不過全都是在水中呼吸的生物，長著許多腮。頭形狀像是船首，還長著觸手和手腳，手指之間有蹼，長長的腳末端是有彈性的鰭。

「我懂你的意思。」我說，然後盡量不去想接下來那趟旅程，路途中多得是奈泰特。「不過，我認為特拉曼更可怕。他們有六隻多刺的腳，還有凸凸的眼睛！會讓我聯想到小時候在石頭底下發現的刺客蛛。只不過體型大了一千倍。」我嘆氣。「至少奈泰特看起來還有一些熟悉感，有種半人半魚的感覺。」

麥克辛點點頭。「妳明天一早就出發？」

「奈泰特大使要在離這裡不遠的河灣與倫佐、托布和我會面。卡拉會先介紹我們雙方，然後……呃，誰知道接下來會怎樣呢？」

「妳不會有事的。」麥克辛對我眨了一下眼，他的信心也讓我舒坦一點了。

我們又聊了一下，然後我走向我與托布共用的帳篷。理論上那也是甘布勒的帳篷，不過他比較喜歡待在外頭，悄悄繞著營地邊緣走。斐利韋是天生的夜行動物，儘管甘布勒試著配合我們在白天行動，但他還是很難克制在夜間漫步的本能。

我睡得不安穩，天亮前就醒了，驚訝的發現托布並沒有發出熟悉的鋸子鼾聲。他十分清醒，盯著帳篷頂端，腳掌抓著破舊的綠毯子。

「托布？」我說：「你還好嗎？」

他坐起身，耳朵顫動，擠出一個微笑，「當然好啊，老神在在，雖然我不確定這四個字是什麼意思。我為什麼會不好？」

「因為你即將前往水底，到一個充滿人魚的宮殿？」

托布笑了一下。「我只覺得，能一起旅行真是太好了，碧克斯。」

「就算回到當初，我也不會做出其他選擇的。」

托布和我背著沉甸甸的行囊走出帳篷時，卡拉、倫佐和狗已經在等著了。廚師準備了一個大鐵鍋，裡頭裝著慢火熬煮的茶。我們都舀了一些到自己的杯子裡。

「我要再說一次，確定所有人都掌握狀況。」卡拉說：「奈泰特對我們來說是未知的生物，大部分我們都不了解。我們不知道他們想要什麼。但在阻止聶達拉和戴瑞蘭開戰這方面，他們能提供我們極大的助力。」

「妳真的認為奈泰特會願意阻止聶達拉海軍的行動嗎？」托布問。

「沒有奈泰特的允許，船隻就不能航行在深海上方。」卡拉說：「所以說……」她直盯著倫佐。「……你們必須拿出最好的表現。」

倫佐拍拍狗的頭。「也就是說，不能偷東西，除非我覺得他們不會發現？」

「你說的前九個字是什麼？那就是正確答案。」

「好吧。」倫佐露出惱怒的表情。「如果我甚至不能偷些小東西，那妳為什麼要派我去？」

「因為呢，儘管你表現出那種調調，儘管你大部分的話都有點問題，但你並不是完全不明事理的人，倫佐。而且我認為，碧克斯一路上需要你的建議。」

「還有，你是唯一一個體型夠大、拿得起盾牌的人。」甘布勒從容走到我們身邊時說。

卡拉在脣邊豎起一根手指，「噓，別讓倫佐知道他只是隻駝獸。」

「我要最後一次強烈反對，別將薩朵皇冠和盾牌交給另一個奈泰特女王。」倫佐說：「我勇敢面對熔岩才拿到了這兩件東西。沒有我令人屏息的敏捷和使人崇敬的勇氣，我們根本得不到。」他咧嘴笑，「而且呢，價值連城還不足以形容。」

皇冠和盾牌是來自薩朵奈泰特的工藝品，他們是規模小又極度怪異的奈泰特叛徒集團，住在遼闊的地下湖泊中。其中一個寶物被托布暱稱為「遠變近」，是一根神奇的管子，能讓遠處景物顯得很近。可惜我們後來不得不和它說再見，不過我們仍然擁有一個鑲滿寶石的誇張皇冠，以及一面大盾牌。

「我早就懷疑皇冠、盾牌、遠變近是薩朵氏族從其他奈泰特那裡偷來的了。」卡拉說：「他們的女王拉——卡米沙向我們提起那幾樣東西時，肯定迴避了一些細節。」她聳聳肩，「不管怎麼說，將這些禮物送給地位最高的奈泰特統治者，有助於證明我們有誠心、會守信。這是外交的一部分。倫佐，抱歉啦。」

倫佐將盾牌背在背上，被粗麻布袋掩蓋了身影。他將手中拿的一個小皮袋交給我。「盾牌我拿了。」他嘆口氣說：「但我不太相信自己適合保管皇冠。」

卡拉搖搖頭。「嗯，你自己最了解自己。」

我取出皇冠，放到自己的皮囊裡。玳恩就像松鼠一樣，肚子上有袋子。皇冠令我不太舒服（有點尖尖的），但我知道這樣總比再多帶一個袋子好，我已經帶著平常的行囊和自己的劍了。就算是這種小劍也重得驚人呢，雖然古老的英雄史詩都不會提到這種事。

「好啦。碧克斯，由妳來決定。」卡拉說：「妳相信，還是不相信這些奈泰特？妳認為他們幫得了和平軍嗎？他們願意嗎？我們沒有好幾個禮拜的時間可以耗。我們需要了解奈泰特的心理。這是我們為了阻止戰爭所採取的第一個外交手段，事實上可能是最重要的一步。」

「我——我會努力。」我發抖的聲音洩漏了我的不安，我的胃像大浪那樣翻攪著。

我真的不需要卡拉提醒我，我身上的責任有多重大。

我有可能幫助大家往停戰邁進一步，拯救成千上萬的生命。

也可能幫不到忙。

「甘布勒，」倫佐說：「這趟旅程很短，因此我們要輕裝上路。我不在的期間，想將狗托給你。」

狗想要給斐利韋一個溼答答的吻，不過迎接牠的是幾乎和牠的頭一樣大的獸掌。

「你們兩個好好相處啊。」倫佐說，而甘布勒發出咆哮。

「那，各位朋友，準備好了嗎？」我試著讓語氣聽起來更堅定一點。

「我隨時都是準備好的。」倫佐回答，但托布搖搖頭。

「先吃早餐。如果會死的話，我要先吃飽再死。」

6 碧克斯大使

特拉諾河過了村子更下游那段開始緩慢的轉彎，形成了一個柳樹蔭下的棕色泥濘池塘。離營地不遠，因此卡拉、倫佐、托布和我走路過去。波蒂克和另外三個士兵跟在我們後方的一段距離之外。卡拉希望清楚的傳達一個訊息，那就是——和平軍名符其實是為和平而來。

奈泰特正在等著我們抵達，或者說，卡拉是如此向我保證的。然而，我還是沒看到他們的影子。

「大使！德爾加洛大使！」她呼喊。

池水分開了，幾乎沒有一點漣漪，而他浮上了水面。德爾加洛的身體是深藍色的，像入夜前的天空，身體兩側和臉上有閃亮的綠色印記。他的眼睛以奈泰特標準而言也算大，深藍色虹膜外圍有一圈淡淡的綠松石色。他的眼皮有兩層，眨眼時是眨動其中一層，或兩層同時。第一層是透明的，第二層則是半透明。我聽說透明的眼皮讓奈泰特在

水底依然能夠清楚看見東西。

「早安，大使。」卡拉向他點頭。

「早安，多拿提家的卡拉珊德小姐。」德爾加洛說。

聽到他清楚易懂的發音，我嚇了一跳。一般奈泰特呼吸空氣時很難清晰說話。而且他的音量也特別大，幾乎是在喊叫，也許是因為他通常在水底說話。

「向您介紹我的好友和夥伴，倫佐和托布，以及我的大使——玳恩碧克斯。」卡拉說。

聽到她大聲說出「我的大使」幾個字，我倒抽一口氣。我得提醒自己，卡拉指的是我。

德爾加洛只瞄了倫佐和托布一眼，轉而將強烈的視線聚焦到我身上。

「妳就是那隻玳恩。」

「如你所見。」我說，不知為何有點尷尬。我覺得好像該向他行禮，但那樣就太荒唐了。

德爾加洛嘛起他深紅色的嘴脣，看著我們所有人。「我們接下來這趟旅程至多花費兩天的時間。」

「有船嗎？」倫佐問，雖然視線範圍內並沒有船。

「有，但大概跟你們習慣搭的那種船不一樣。」德爾加洛伸出六條觸手當中其中一條，「在河底。」

倫佐和我不安的對看。

「對，」倫佐低聲說：「他說『河底』。」

這就是我一直擔心的事。我們已經有過一次在水底移動的古怪經驗了，那時奈泰特好心為我們施了法術。讓我們懸在巨大的水中泡泡，保住了性命，不過就算保守一點說，那仍是十分超現實又令人不安的體驗。

德爾加洛爬出水面，坐到河岸上。「你們都會游泳嗎？」他問。

我們都會，雖然大家不想表露出來。倫佐說：「我帶著，呃……重物。老實說，我覺得我很難背著游泳。」

「能請你告訴我那是什麼嗎？」德爾加洛有禮貌的問。

我搶在倫佐之前開口：「也許晚點吧。等見到你們的女王時，我們會有時間說說關於這個東西的故事。」

德爾加洛沒回應，不過對我露出了疑惑的表情。「如果各位已經準備好了，就勞駕各位登上我的小船吧。你們只需要走進河裡。我向各位保證，你們會相當安全，成千上萬的小泡泡會包圍住你們。不過要小心，別被河裡的水流沖倒了。陸地生物總是在跌倒。」

「碧克斯，妳身為使團的團長，」倫佐退後一步，「顯然該打頭陣。」

「亂說。」我爭論，「我應該要殿後。」

「我很確定我不要當第一個。」托布說。他相當會游泳，但這技能似乎沒有帶給他動力。

最後，我們決定同時下水。河岸比水高了一英尺，也就是說第一步等於是往下跳，毫無把握的掉入深水中。我們自動深吸了一口氣，而倫佐用手指數數——一，二，三，然後我們就跳向未知了。

結果我們只是在僅僅淹過腳踝的水中濺起水花。

我無法判讀奈泰特的表情，但我相當確定德爾加洛用盡全力在憋笑。

至於卡拉，則笑彎了腰。

我的大使工作就這麼展開了。

走入河中，被河水從四面八方包圍，身體卻還是乾的——該怎麼形容這種奇怪的體驗呢？那當然是法術。太依賴法術從來不是一件好事，不過德爾加洛的咒語很強大。就算褐色的冰冷河水泡到我的脖子，我的身體還是乾的。

「水變深的速度很快，」德爾加洛跳回河中後警告，「我來帶路。」

我停下來看著倫佐踏出一步（水面只到他的腰際），然後又試探性的踏出另一步。他前進了幾吋，然後往前仆倒，雙手亂揮。「啊！」他大喊一聲，整個人消失到奔騰的河水底下了。

他迅速起身，站在水深及胸的位置，也就是說，那裡的水位高過我的頭，而且也遠高過托布，他現在還在岸邊呢。

「嘿，有用耶！」倫佐說：「而且癢癢的！」

「我要來囉。」我說。我憋氣，潛到水中。我開心又欣慰，因為那些小小的法術泡泡往上延伸，蓋住了我的頭。我試著吸了一口氣。泡泡衝進我的鼻子，發出啵啵和嘶嘶聲。是空氣！

如果說走在水底很難，那在水底呼吸更難。所有本能都會大喊不要，但我還是在水底小口又緊張的呼吸著，空氣扎著我的喉嚨，讓我想笑。

雖然我拜訪過水底世界一次，但這次感覺很不一樣。我們面對的不是間歇性的海浪，而是不斷沖著我們的水流。德爾加洛的警告很正確，為了穩住腳步，我掙扎了好一段時間。

「救命啊！」淺水上方，恐慌的托布在呼叫，「抱歉，我不想成為大家的麻煩，但救救我啊！」

包裹在自己泡泡內的托布流過我身邊，小腳瘋狂亂踢。我伸手要抓他的腳，但落空了。另一邊的倫佐也只能不斷甩手，什麼也做不了。

托布漂遠了，那泡泡裡的渥比。

不開心的渥比。

就在我打算浮上水面游向他時，我瞄到有東西用驚人的速度通過我身旁，射向前方。是德爾加洛，如魚得水的置身在他的原生環境。這位奈泰特大使輕而易舉的抓住托布，手伸向他肩背的銀色包包中，然後遞了一個小塊石頭給托布。

「拿著這個，我的渥比朋友。」德爾加洛說：「這叫剋茲，是海底裡的重金屬。」托布雙手捧著剋茲，承受的下壓力道就夠了。我抓住他的肩膀就能讓他穩穩站在河床上。

「嗯，剛剛那還真刺激。」他的聲音在發抖。

「我們不會有事的。」我說。

「要不是感覺到妳的手在發抖，我就相信妳了。」

「我還有一些剋茲。」德爾加洛瞄向倫佐和我，「如果你們需要的話。」

我們都搖搖頭。我們有盾牌和皇冠作為壓艙物，在水底比托布還要行動自如。

「跟我來。如果你們接下來碰到什麼困難，大叫就是了。」德爾加洛喊道。

「嗯，我們會大叫的，沒問題。」倫佐的聲音就跟我和托布一樣，悶悶的。奇怪的是，德爾加洛的聲音事實上變得更清楚了。奈泰特嗓音有某種性質，在水中聽起來幾乎像是音樂。

一隻鯰魚游了過來，不懷好意的看了我一眼。我感覺到水流不斷推擠，但只要向前傾，我的腳步就能繼續前進。我在地面上幾乎不會正眼看河床，但此刻我發現那是由渦旋的繽紛沙子和閃亮的石頭組成的。我看到東一處西一處長著成串的水草，偶爾還會有一整片看起來長得很高的藍條紋野草。

最後，我們肯定是到了河中央附近，面前出現了不是沙子也不是石頭，也不是水草或魚的東西。那是一艘船，漂浮在河床上方，兩者之間的距離大概是我身高的兩倍。雖然沒有海上的船那麼大，但也許有我身高的十倍長。缺乏了帆船的一個重要元素——帆。前端和尾端都尖尖的，整體散發出柔和的虹光，每當一道新的光線照下來，虹光的顏色就會隨之變化。

「那叫巴卡布雷納。」德爾加洛解釋。

「是什麼做的啊？」我問，希望答案會讓我放心。

「角。」德爾加洛說：「事實上是兩隻角，來自叫納瓦立的魚。」

「角？魚身上的角？」

德爾加洛似乎露出了微笑。「碧克斯大使，深水之中比妳想像的還更神祕。」

它被說出口了，而且是出自奈泰特之口——碧克斯大使。

這是我第一次擁有頭銜，聽起來似乎比我本身還要偉大太多了。但那就是我的職位——卡拉的使者。代表一位人類向奈泰特發言的玳恩。

命運有時會令人大大吃驚。

有時我會希望別再嚇我了。

7 河底

我觀察巴卡布雷納的外觀，發現那確實是角做的。事實上就像奈泰特說的，是兩隻角，底部相連，然後在裡頭鑿出防水隔間。納瓦立一定是非常大的生物，才有辦法操縱這麼大的附屬器官吧，想到這我就打了個冷顫。更厲害的是，巴卡布雷納是由十幾隻魚拖動——巨大的橘色斑點鱸魚，體型跟我一樣大，全都披著海草織成的網狀輓具。

這不像典型的船，沒有桅杆也沒有甲板。取而代之的是兩個圓形艙口，一個位於頂端、一個位於底部。德爾加洛打開底部的艙口，揮手示意倫佐過去。我看著倫佐彎腰鑽到水中船艦的下方，然後站了起來，上半身隱沒到船內，接著縮起腳，整個人都消失了。

「裡頭是乾的！」他呼喊。

我不知道那是自然法則還是奈泰特法術，不過事實擺在眼前，水似乎不會灌進洞內。

「我們也進去囉？」我問托布，他仍抓著那顆重重的石塊。

「把我抬上去。麻煩了。」

我將托布推進艙口，接著自己也爬了進去。巴卡布雷納裡頭確實是乾的，而且比我想的還漂亮。橢圓形綠色寶石和圓圓的天藍色水晶以固定間距排列，妝點著牆面和天花板。

我瞄了一眼倫佐。

「什麼？」他質問我，手指按著自己的胸口，「我絕對沒在想妳以為我正在想的那件事。」

「你知道我是玳恩對吧？」

「也許我想到了，但就只是想一想嘛。而且我想通了，如果被逮到，我們的朋友德爾加洛也許會淹死我。」

彷彿接到信號似的，德爾加洛從艙口冒了出來，動作比我們還要優雅。他像箭一樣往上射，通過洞口，關閉艙門。

「待在這裡，就能確保絕對的安全和乾燥。」他說「乾」這個字時彷彿吃到酸的東西。「我每隔一段時間就會請海豚過來，吹入新鮮的空氣，這樣你們就不會昏昏欲睡。」

「或死掉。」倫佐喃喃自語。

空間並不大，但占據了半艘船。船尾有個區域設了鋪位，可以睡覺。而水密艙壁隔出的一個個前方空間比較大，中間有桌椅，感覺像個舒適的小酒館。

「現在感覺比較舒服了嗎？」德爾加洛有禮貌的問。

倫佐點點頭。「很舒服，當我待在水底棺材裡的時候總是這麼舒服。」

「瓶子裡有飲料。」德爾加洛朝桌子揮動長蹼的手，「我相信會合你們胃口。如果感覺太熱或太冷，大聲說出來就行了。你們呼喊，我就會聽到，並為你們召來適當的動物。熔岩芯鰻可以溫暖船，而當然了，水本身就可以降溫。我會待在前面的隔間，或跟著船一起游，因為我難以長時間呼吸空氣。它對我來說很……不友善。」

德爾加洛告退，然後穿過一道銀門，去了前方的隔間。我聽到一陣咕嚕水聲，然後他欣慰的鬆了一口氣。

船一震，上了輓具的魚便開始行進。很快的，船的移動變得相當平順，只有偶發的左右晃動會打斷它。托布出身水手世家，靠著他號稱「討海人的腿」自在走動。倫佐則像醉漢那樣跌跌撞撞，頭還撞到了天花板的低矮處。至於我呢，我靠著桌子穩住身體，試圖讓自己習慣船隻飄忽不定的運動方式。

德爾加洛剛剛向我們展示過船頂的艙門，宣稱我們從那裡探出去也會安全無虞，可以欣賞旅途風景。我不太想，但還是決定試試看。我爬上凳子，打開艙門，一大團氣泡便無比顯眼的升了上來，罩住我的頭。從巴卡布雷納的頂端探出頭，看著上輓具的鱸魚將水攪成發光的泡泡，我才真正感受到船的速度。如此振奮。我的心跳加快，而且忍不住咧嘴笑了。這個世界一直都存在，過去我從沒想過會有機會一探究竟。從前的碧克斯絕對不敢造訪。

河床有迷人的地景。藍色和黃色的沙子旋繞出精密的圖案，就跟蕾絲一樣纖細。尖銳黑石陣突然冒了出來，使水流激盪出大量的泡沫。上輓具的魚輕輕鬆鬆繞過障礙物，不過偶爾會千鈞一髮的閃過，距離近到我怕石頭會劃開船體，溺死我們所有人。

河流逐漸加深、加寬，河岸便消失到視野範圍之外了。我們繼續航行在水面和河床之間的中點，一路狂飆，速度比最敏捷的駿馬還快。不久，我感覺到托布在拉我的腳。我不情願的退回乾燥的船艙中。保護我的泡泡神奇的消失了。

「你應該要上來看看的，托布。倫佐，你也是。太驚人了！」

「我敢說一定很驚人。」托布說：「但還有一件事也很驚人，就是我的飢餓。」

「我都想咬自己一口了。」倫佐同意。

接著，立刻有一名服務生通過前面的隔間，送上餐點。這時我們才第一次發現德爾加洛不是船上唯一的奈泰特。這服務生體型小，淺黃膚色，有四根盤繞的觸手，一邊肩膀有兩根。

「要試試這個嗎？」他問，並且端上一盤銀魚，以及香噴噴的醬汁熬煮的小螃蟹，還有兩碗湯，似乎是燉海草。

我們坐到桌前，托布用金色湯匙挖了一口燉湯。他試了味道，然後瞪大眼睛，「好吃！這叫什麼？」

「拉卡爾。」服務生說：「還合您胃口嗎？」

托布忙著灌更多湯，於是我嘗了一口。「太好喝了吧！」我驚呼。

當我動手要將瓶子舉到唇邊時，服務生以和緩的動作介入，遞了一根奇怪的細管子給我。「奈泰特都用這個工具喝飲品。」

倫佐點頭表示讚許，「真聰明。這麼做就可以將飲料保存在罐子裡，和水分開。」

「這叫喝稈。」服務生解釋。

「我以為你們煮飯時無法用火？」我問。

「沒有火，但有熱源。快到淆洌吉亞時，你們就會看到了。」

「不好意思，」我皺眉，「你說的那個字是什麼？」

「淆洌吉亞，一座大城，也是我們的女王帕維詠的宮殿。」

服務生離開了，我往後靠住椅背，肚子很飽，但心神不寧。「帕維詠女王。」我念出他剛說的名字，望向我的朋友。「希望她會將奈泰特有什麼打算說得清清楚楚。我是玳恩，但不代表我讀得出她真正的意圖。」

「沒人知道奈泰特想要什麼，只有海知道。」倫佐陰沉的說。這是許多人常說的俗語。

「也許，」我陷在沉思中說：「是因為從來沒人問過他們。」

8 日出與沙泰爾

就以獵鷹飛行的速度在水底移動來說，我的睡眠品質算是意外的好。後隔間的鋪位是為人類設計的，對我來說大得豪華。托布甚至認為他的床鋪太大了，無法帶給他舒適感。他在主艙找到一個木頭板條箱，然後在裡頭塞一條毯子。窩進去，滿足得像隻貓。打呼超大聲的貓。

睡了幾個小時後，船輕柔晃動產生的變化使我醒來。懷著戒心是睡不著的，於是我下床到觀景艙口往外看。斜射而下的一道道銀色月光劃開，酒紅色的昏暗水面，如天鵝絨般光滑。

我驚訝的發現，德爾加洛在水中。他移動到船外，攀著巴卡布雷納側面的鉤子。

他看到我好奇的表情，點點頭。「妳感覺到了？」

「我感覺到某種變化。」我的聲音在泡泡中產生迴音。迅速流動的水隔開了我們，我懷疑他聽不到我說話，不過奈泰特的耳朵就像他們的聲音，能在水中發揮最好的效

果。

「我們離開河流，進入海洋了。目前為止船是由淡水魚拉的，不過牠們很快就會退開，回到各自的水池和港灣中。」

「那我們要怎麼繼續前進呢？」我問。

「耐心等，妳很快就會知道了，大使。」

他又再度搬出了令人生畏的標籤——大使。每次一聽到那稱呼，我就胸口一緊，產生一種不自在的感覺，彷彿我是個冒牌貨。我叫碧克斯，只是一隻玳恩——我好想這樣反駁。我只是在演戲，假裝自己是大人的小孩。

我盡全力甩開那感覺。我太好奇接下來會怎樣了，不想回床鋪，於是決定留下來繼續看。

我很快就發現，等待是值得的。

我小時候看過幾次日出。不過在水底看太陽綻放出光芒，是完全不同的經驗。第一個光點在河面融化。一道又一道長長的陽光像純金鑄的劍，刺入水中。閃亮的繽紛泡沫像別人丟棄的珠寶往下沉。

我無法別開視線，眼眶盈滿感激的眼淚。

我可能無法達到卡拉的期望。我可能讓自己和忠實的好友失望。在由我負起責任的這趟任務，有太多事情可能出錯，只要一個轉身不對就會出問題。

但我向自己發誓，不管發生什麼，我都會珍惜這個日出，這是一個禮物。如果願意看，地球可以帶來好多驚奇啊！

船開始減速了，因為魚兒接連滑出輓具。牠們急轉彎，從我頭上游過。最後船完全停了下來，緩緩的在水流中漂移。我聽到下方傳來倫佐起身的聲音了。「我們現在在哪？」他呼喊。

「我不確定。魚離開了，不過德爾加洛說這樣很正常。」

「上頭的空間夠我上去嗎？」

「當然囉。」

老實說，觀景泡泡原本緊緊貼合著我，後來自動擴大到足以容納倫佐的程度。

「哇，」他說：「這真是……太壯觀了。」

聽到倫佐說出「壯觀」這字有點令我意外，不過他說得沒錯。「看！」他大喊，抬起下巴往前指。

起先我沒看到他在指什麼，不是因為那太小，而是太大了。

那是某種生物。

一隻鯨魚。

就在牠看似要撞上船的幾秒前，牠將巨大的頭往上抬，從我們旁邊游過，簡直像一道閃亮的灰牆，速度愈來愈快，長得不可思議，大到無法估量，比想像得到的任何生物都大。

牠向上直衝，爆開晨曦的色彩，而且反射全部。炸裂水面後，牠飛過船上方，影子遮住我們上方的水域，使白天變成了夜晚。

「我以所有古人和他們的寵物貓發誓，」倫佐驚呼，「牠肯定比十間房子還重。」我的心臟停止跳動了。我無法呼吸。

牠美得不可思議。大得無法想像。

鯨魚跌回水中了，那衝擊像是一場遙遠的爆炸。我們的船傾斜了，我聽到托布跌出板條箱，從睡夢中驚醒。

「救命啊，船要沉了！」他大喊。

「過來泡泡裡吧。」我呼喚他：「我們沒事的。」

托布費力的爬了上來，窩在倫佐肩膀上，像在觀賞遊行的小朋友。

「噢，原來如此。」托布打了個呵欠，「那是沙泰爾鯨，牠們在這樣的水域裡很常見。」

「常見？」倫佐和我同時說。

托布點點頭。「沙泰爾應該是第三大鯨魚，我想。」

「第三大？」倫佐重複托布的話，「最大和第二大到底有多大？」

「呃，我只在海面上看過，不過呢，成年的掠珊鯨是這兩倍大。然後呢，海裡頭還有長著斑點的連納鯨，牠大到可以吃下沙泰爾鯨、這艘船，外加兩、三艘大帆船。」

倫佐和我看著他，內心混雜著驚嘆和恐懼。想到有生物巨大到可以把「我們的」鯨魚當點心，都不太自在。

「別擔心，」托布揮了一下獸掌。「那些斑點鯨魚動作很慢，而且只吃海草和磷蝦。」

「我不擔心啊。」倫佐說。

「喔？」托布奸詐的看了我一眼。「他說的是真話嗎？碧克斯。」

我笑了。「我不要回答，因為倫佐可能會很尷尬。」

我發現德爾加洛漂浮在鯨魚頭部附近。沙泰爾鯨用巨大的下顎咬住海草輓具後，德爾加洛游回我們的上艙口泡泡旁。「你們也許會想抓個穩固的東西。」他建議。

「我們沒問題的。」倫佐說。

沒問題才怪。我們根本不知道接下來會碰上什麼狀況。鯨魚抖動巨大的尾巴，往前衝，拉輓具的力道大到讓我們三個全摔到地面上。倫佐即時抓住一個飛來的瓶子。

我們爬回觀景泡泡，開心的看著船隻穿過鯨魚後方拖著的濃密泡泡簾幕。船顛簸、嘎吱作響，我也許應該要感到害怕才對，但這一切實在太有趣了，恐懼根本纏不住我。

我們飆了好幾英里，接著，鯨魚無預警的往上衝，我們也跟著衝上去，三副喉嚨發出尖叫。鯨魚躍出水面，讓我們看傻了眼。牠完全脫離水體，而我們緊跟在後，闖入明亮到不行的空氣，穿過泡沫和天空，然後墜入深海之中。

牠愈潛愈深，我們倒在地上。我的身體感覺正在被看不見的重量擠壓著，呼吸困難。我看到我朋友的眼神中有恐懼，他們也拚了命的要吸空氣。

「我無法呼吸。」我勉強擠出這句，氣喘吁吁。

托布開始翻白眼，在船內亂扒一通，暈頭轉向，就快昏過去了。我的手伸向他，但我們觸底後又極速升回海面，害我撞上了艙壁。

接著……平靜來臨了。我們進入不太自在的和緩之中——鯨魚沿著海面悠游，而我們的位置正好在水面下。

白天和夜晚的感覺都差不多，一長串輕微的搖晃，穿插著劇烈的潛水和飛躍。我們逐漸習慣無法呼吸的片刻，習慣開闊的天空突然消失，習慣連綿不斷的驚人速度。

隔天早上，就在我們開始覺得有點精神錯亂時，德爾加洛打開船艙門宣布：「我們就快抵達淆洌吉亞大城了。也就是帕維詠女王宮殿，正在不遠處。」

我衝向觀景泡泡，準備迎接好幾里格航程後的風景變化。

那真是不得了。

9 海底宮殿

「看看那個！」托布驚呼，他和倫佐還有我都一起擠到泡泡裡了。

我不太確定該預期什麼樣的畫面。我曾經拜訪過奈泰特的水底孵卵所，那是粉紅色珊瑚和金色石頭堆砌成的建築物，非常雄偉。但與眼前這櫛比鱗次的宮殿相比，孵卵所只不過是個潮溼的小屋。宮殿的面積起碼跟莫達諾的首都薩格利亞不相上下。

「那是火嗎？」倫佐問。

我順著他的視線望過去，發現海床上有一道長長的裂縫，會發出緋紅色光芒並吐出極沸騰的水柱。

「剛剛聽說他們有某種熱能。」我說：「也許指的就是那個。」我們曾經在旅途中碰上古老火山冒出的岩漿，我可不想再靠近那麼熱的東西。

「我沒看到任何牆壁。」倫佐提出他的觀察，「也沒有高塔或城門。如果有人想入侵的話，這城市等於是完全敞開。」

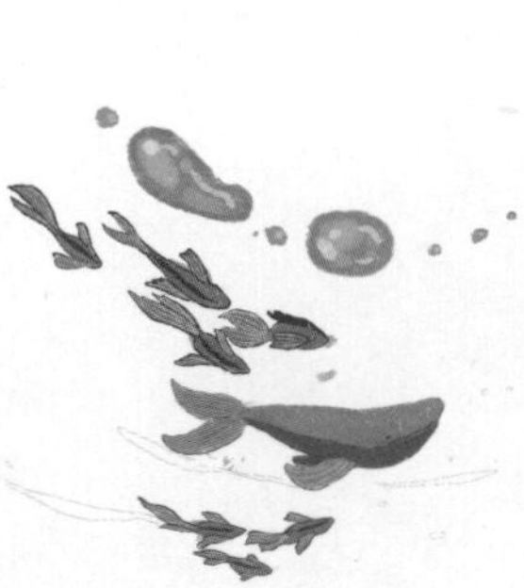

「在任何生物都可以輕易游過城牆的世界裡，牆壁一點也不重要。」我說。

然而，我們的看法是錯的，這座城市並非毫無防備。在逼近城市的半路上，大約由五十個奈泰特組成的小隊游到我們面前，他們以長矛為武器，左手綁著小小的十字弓。有幾個警衛脫隊游向鯨魚頭部，其他人聚集到德爾加洛身邊，漂浮在觀景艙口外。其中一個奈泰特士兵往泡泡內看，以半好奇半震驚表情瞪著我們。

「在海底，不是每天都看得到玳恩、渥比和人類。」我說。

「玳恩、渥比和人類。」倫佐咧嘴笑，「聽起來像是一個爛笑話的開頭。」

「希望不是囉。」我回答。

整座城市環繞著一座美妙的建築，那肯定就是帕維詠女王的城堡了。宮殿中央有一座要塞，是愈高愈尖細的圓塔，頂端有一個高高的尖刺，銳利的金色尖端下方有個觀景台。我想像奈泰特游到上頭看日出日落的模樣，不過我也懷疑，在這樣的深度看到的景象不會比我稍早目睹的還要壯觀。

整座宮殿都沒有磚頭或灰泥。事實上，放眼望去，城堡和四周的建築物——大小宅邸、倉庫和商店，都是用小小的虹光圓片蓋出來的。

「塔利克貝。」托布彷彿看穿了我的想法。「我聽過傳言，說奈泰特可以控制雙殼貝，讓雙殼貝按照自己的意思生長。」

「那些建築物是活的？」倫佐問。

「滿像我們在旅途中看到的那些活生生的珊瑚牆。」托布說。「最令我震驚的不是超現實的建築物，而是整座城市似乎燈火通明。到處都有貝殼燈——陽台、桿子、建築物頂端，全都散發出柔和的玫瑰色光。儘管在這裡，在遠離海面的水底深處，整座城市仍發著光，像一個巨大粉紅色寶石。

朝停泊點降落的途中，我瞄到兩個塞滿攤販的市集，認出一些眼熟的商品（例如瓶子、鍋子、刀子），不過許多陸地上典型的物產似乎都沒出現。我沒看到繫繩的山羊或加利朗的屍體，也沒有待售的雞或馬。相對的，攤販上塞滿了一籠又一籠活魚、海倒刺、赫爾維。貝類、牡蠣、非里克、蛤蜊、螃蟹、波多堆成的小山在粉紅色光芒中閃爍。

拖拉我們的鯨魚放下輓具，船便開始滑向宮殿最底層。一群紫色石斑魚游過來推巴卡布雷納，使船對齊某一個橢圓形的開口。我們通過要塞之牆，發現自己置身在一個巨大的空間內，旁邊有許多類似的船隻整齊排放。在我們差點撞上其他船之前停住了。

德爾加洛來到了我們所在的隔間。「你們準備好了嗎？」

「我生下來的時候就準備好了。」倫佐說：「誰不想待在這麼深的水域呢？深到宮殿頂端根本連海面都搆不著呢。嗯？」

「這就跟你們在河裡的時候一樣，泡泡咒會保護你們，直到抵達呼吸空氣者的會議室——我們已經準備好一間了。」

我從下艙口出船，心臟撲通狂跳。雖然我有充足的空氣可以呼吸，但胸口感覺得到水壓，要不恐慌實在很難。奈泰特自由的游進游出網格狀的牆壁，不過宮殿並非沒有守衛。十幾個武裝奈泰特似乎布署在各處。

我們沿著鏡子走廊前進，我為奈泰特身體特徵的多樣性大感驚奇。「四肢加一顆頭」彷彿是他們唯一擁有的共通點。奇怪的是，儘管奈泰特手腳長蹼，有鰓和觸手及附加的半透明眼瞼，他們還是強烈的令我聯想到人類，而不是其他生物。

「我在想，奈泰特和人類會不會有親緣關係啊？」

「等等，」倫佐說：「妳認為我長得像……他？」他朝德爾加洛比了一下。

「對，也不對。」我圓滑的說。

「所有生物都有親緣關係。」德爾加洛說，而我想起薩比托上回在獵埃許溫之後說過的話。

「對。」倫佐說：「但我還是有話要說。我是說，先從觸手談論起吧，然後再講下去。」

「倫佐。」我出聲，而他似乎接受到我的警告了。

德爾加洛不為所動。「只有陸地生物否認生命的一體性。」他輕輕補了一句，「我猜那就是你們來這的原因。」

你們來這的原因。壓在我胸口的重量增加了，那不是因為我們置身在深海。而是因為失敗的可能性太過巨大了。我的失敗，我們的失敗。

上次前往莫達諾宮殿的記憶閃過我眼前，那時我也面臨了天大的挑戰，賭了很大一把。

在那裡，我當著莫達諾的面說謊。

那時我很意外，原來我可以說謊。玳恩是可以判別發言真假的物種，對我們而言，說謊沒什麼意義。

但我還是說了。而且活了下來，才有辦法回顧那段故事。

為了追求正道，我向一名暴君說謊。

為了追求和平，我加入一支軍隊。

如今我又來到了另一個宮殿，即將見到奈泰特女王。我的任務成敗，將會決定兩個即將開戰國的命運。

太令人暈眩了，充滿了曲折，令人感到諷刺。有時我會覺得自己像一塊浮木，被冷漠奔騰的河水推著走。

我們跟著德爾加洛進入一個小房間，只比一個大盒子再大一點。一個長長的滑輪組將我們往上抬好幾層樓，最後到達的地方在我看來是個前廳，某種等候區，由貝殼和一層層黑色火山玻璃構成。四個魁梧、全副武裝的士兵游入，另外還來了兩個看起來很年邁的奈泰特，其中一個身體大半長著茂密蔓生的海草。他們身後站著一個年輕的奈泰特，個頭小，披著帶虹光的金色鱗片。

「我們見到女王時要怎麼稱呼？」我問德爾加洛。

他震驚的瞄了一眼浮在他身後的士兵。「直呼『帕維詠女王』不合禮儀，用『陛下』比較恰當。不過妳就算忘了，她也不會因此感到冒犯。」

「她是愛砍頭的那種統治者，還是只會把人關進地牢裡？」倫佐詢問，並用手肘頂了我一下。

「帕維詠很少砍誰的頭。」

來自後方的某隻小個子奈泰特回答，我沒注意到她什麼時候靠得這麼近了。警衛也是。

「那就令人放心了。」倫佐說：「我不喜歡任何皇親貴族，尤其是愛砍人頭的那種。」

「你不喜歡皇族？」那隻金色的小個子奈泰特問。

「妳是指，只因為父母是貴族就覺得自己高人一等的那些傢伙？」倫佐笑了，「連腳踏實地工作一天都沒有，就以為整個世界都是囊中物的那些人？」

「倫佐。」我低聲說，而且清了喉嚨，很大聲。

「當然了，並不是所有皇家統治者都像那樣啊！」金色奈泰特說。

「哼，」倫佐忽略我意有所指的表情，說：「等掌權後就會得意忘形了。」

那奈泰特點點頭。「有可能，沒錯。不過一位睿智的統治者，會了解權力的誘惑是怎麼一回事，抗拒它，並為人民奉獻。」

「是啊，我偶爾會想看看這種統治者呢。」倫佐還是繼續說，儘管我都已經用一隻手掩面了。「不過根據經驗，掌握大權者總是輕視我這種人。」

那奈泰特微笑。「我不會輕視你。」

「唉，妳當然不會，妳只是個……」

我看到他露出恍然大悟的表情。

「只是個……？」那奈泰特有禮貌的追問。

倫佐看著我，倒抽一口氣。

「陛下，」我這麼說，因為那年輕的奈泰特當然就是帕維詠女王本人。「請求您原諒我同伴的，呃，輕率發言。」

我的第一個外交行動。

10 與女王對話

帕維詠女王那自信滿滿的目光轉移到我身上，而我屏住了呼吸。她是如此美麗又閃閃發亮的生物，泉水綠眼珠，而且正淘氣的咧嘴笑著。

「我也許得砍掉他的頭呢。」帕維詠女王對我說，然後使了個眼色。奈泰特女王，使了個眼色。對我使眼色。

「倫佐的確很少用他的腦袋，」我回答：「但您如果願意讓他的腦袋繼續留在脖子上，我會很感激的。」

女王很樂的笑了，聲調輕盈，不過我很難不為她的牙齒分心。看起來不像人類的牙齒，非常像鯊魚的。

「我可以向您介紹我的朋友嗎？」我說：「這是渥比托布。」

「陛下。」托布試著行了個禮。

「渥比！我的天啊，真高興見到你。」女王說：「我很久以前就說過，如果所有水

手都是渥比，奈泰特就不會跟陸地生物起爭執了。你們是和善又有禮的美好生物，而且很為大海著想。」

托布瞪大眼睛，大到他的臉都快消失了。「陛下，您太客氣了。」

「來吧，」帕維詠女王說：「我們要上去。」她指著天花板上的一個圓孔。「牽我的手吧，我的朋友托布。碧克斯大使，我的警衛會帶著妳浮上去。至於你呢，堅持己見的人類。」她裝出恐嚇的表情，補了一句，「他們也會帶你上去的，在砍掉你的頭之後。」

那當然只是個玩笑。不過呢，女王態度固然輕鬆，警衛可不是那麼一回事。徹底不苟言笑。如果威脅到女王，他們一定會在瞬間砍斷我們的頭，毫無疑問。

其中兩個警衛抓住我的手肘，動作很輕，但蘊含著很大的力道。另外兩人抓住倫佐。緊牽著女王之手的托布回頭看了我們一眼，好像在用表情說——怎麼會有這種事？

天花板的孔洞很像巴卡布雷納的艙口。我一探頭過去，便發現自己在乾燥的空氣中。帕維詠女王和托布已經站在房間裡頭了，女王握住我的手，一路將我拉上去。倫佐靠自己爬上洞口。這很不容易，因為他背著裝在麻布袋裡的盾牌。德爾加洛大使最後到場。女王揮手示意警衛退下，不過他們還是待在後方。

「噢，我得坐下！」帕維詠女王說：「我覺得站在乾燥的地方很累，我不知道你們是怎麼辦到的。乾空氣會讓我覺得好沉重！」

我沒去過幾個宮殿，更沒接觸過幾個女王。基於宮殿的大小和豪華感，我以為會被帶到某個雄偉到極點又震撼人心的大殿去，裡頭應該還會有個女王的華麗寶座，雖然奈泰特很少採坐姿。

在這裡，放眼望去都沒看到寶座。只有十幾張樸素的石椅，而女王將身體甩到其中一張上頭。這與莫達諾宮殿的奢華鋪張形成驚人對比。

我發現，帕維詠女王和卡拉有共通之處。她們都不需要外在裝飾來營造王者風範。

「好啦，碧克斯大使。這是德爾加洛，你們當然已經認識了。」她朝站在右邊的大使點了一下頭。

「大使在這一路上非常善待我們。」我說。

我需要每隔兩秒鐘就叫她一次「陛下」嗎？她感覺好容易親近。我可以用面對普通人的方式和她講話嗎？

我堅定的提醒自己——她不是普通人。她是握有大權的女王。別上當了，要留意她有沒有說謊。有工作得做。

我清了清喉嚨。「陛下，我替聶達拉小姐帶來問候，她……」

「對！談談這位小姐吧。寡人和莫達諾經常有……紛爭，就跟之前他父親在位時的狀況一樣。寡人對陸上崛起的這股新勢力很好奇。」

我發現她用皇家的人稱「寡人」，也許是在提醒我，會談進入重點了。

「聶達拉小姐英勇又真誠。」我回答：「她在戰場上十分無情，但其實是個公正、正直又正派的人。她……」

「寡人已經開始喜歡她了。」女王插嘴，「顯然你們也都很喜歡她。」

「我可以眼睛眨都不眨就為卡拉——為小姐獻出我的生命。」滿溢的情感讓我喉頭一緊。

「我們也願意。」倫佐說，而托布點點頭，獸掌按上自己胸口。

女王用長著薄薄的蹼的手托著下巴（或者說相當於人類下巴的部位）。「而她的和平軍只有一個目標？」

「就是阻止戴瑞蘭和聶達拉開戰。」我說：「讓他們的人民——所有人，過和平又自由的日子。」

女王盯著我，似乎看了很久，久到令我不太自在。最後她站了起來。「寡人有話要給聶達拉小姐，可以請妳轉達嗎？」

「請說，陛下。」我說，然後吸口氣穩定心情。

認真聽，碧克斯，記住每一個字。幸好托布和倫佐也跟我一起來了，回到卡拉身邊後，如果我的記憶有任何漏洞，他們都可以幫忙填補。

「我要妳說，」女王開口了，我發現她又捨棄了正式的「寡人」。「我，帕維詠，奈泰特女王，要告知如今人稱聶達拉小姐的卡拉珊德．多拿提——我和妳一樣，很年輕。我和妳一樣，是我們物種的女性。我和妳一樣，只追求和平。」

她停頓了一下，露出小小的微笑，補上一句，「當然了，人人都會說他們追求和平。我猜這就是派玳恩當使者的優點之一吧。也許這就是小姐派妳來的原因？」

「也許吧。」我同意。

「我並不代表所有奈泰特，」女王接著說：「不過我代表大多數同胞。我的領土涵蓋你們所謂的維爾特港到聶達拉灣，往東方大海外推一千海里也都是我們的領海。在我的統治範圍內，我希望同時與聶達拉以及戴瑞蘭都保持友好關係。我知道兩個國家都由腐敗的君主統治，而且他們打算開戰。」

我點點頭。「沒錯，戰爭已在爆發邊緣了。」

「你們要知道，地表每次打仗，死屍都會像雨水一樣降到我的領地。我並不偏袒哪一方，我只站在我的人民這一邊。」她的語氣變得堅決。「不過，我會傾注所有的力量來阻止這場戰爭。我唯一的目標，是讓人民幸福度日。」

「小姐聽到這番話會很開心的。」我說。

「當然了，要我對這目標做出承諾，你們就得付出小小的代價。」

我一直在等待這刻。想到我的皮囊裡放著寶石皇冠、倫佐背上背著薩朵盾牌，我鬆了一口氣。不是金山銀山，但也許可以發揮一點影響力。「要取得您的支持，該付出什麼代價呢？」我問。

女王有備而來。「一些鐵，」她邊說邊用手指計數，「還有，一些有雕飾的陶器。我真的很愛聶達拉陶，顏色好繽紛啊！還有，薩格利亞南方海灣兩座無人小島的所有權。」

我眨眨眼。要鐵很合理，陶器大概也還說得通吧。「為什麼要這兩座島呢？」我問。就我所知，沒有戰略價值。

女王聳聳肩，結果觸手也跟著動，表現了不同的姿體語言。「這樣說也許很奇怪，」她又切換回原本那種私下閒聊的輕盈語調了，「不過妳知道人類和蜥蜴喜歡做日光浴吧？就是躺在溫暖的石頭或沙灘上。我們奈泰特也喜歡偶爾待在遼闊的空氣中。對不對啊，德爾加洛？」

他一聽到女王提起自己的名字便眨眨眼。「您說得相當正確，陛下。我認為日光浴最舒服了。」

「我們想將那兩座島當成休閒用島嶼。」女王解釋。

「休閒島嶼。」我緩慢的說，留意她是否話中有話，或有誤導性。奇怪的是，我沒有感覺到任何藉口的成分。那似乎是個徹底坦率的請託。

「我相信聶達拉小姐會願意以誠意與您協調此事。」我試圖讓自己聽起來自信滿滿，「您的要求再合理不過了。」

「我真開心。」女王說。她說的雖然是真話，卻讓我感到不太自在。並不是她說謊，而是她有話還沒說完。

我瞄向倫佐和托布，看得出他們和我有相同的疑慮。現在獻上皇冠和盾牌會是聰明的一步嗎？可以當作我們真心誠意的象徵？這是卡拉的指示。然而，和平軍擁有的每一毛錢也都得省著用。再說，帕維詠女王的領地顯然富裕到難以估量。

我試著傾聽內心的聲音，結果只聽到飢餓的肚子發出微弱哀鳴。這跟以玳恩本能偵測謊言很不一樣。答案對我來說會有某種確定性，就像會知道自己到底是熱是冷、是開心還是傷心那樣。

但現在我必須多跨出一步，進行判斷。就像面對著童年的那個黑暗湖泊一樣，跳入未知的領域令我很緊張。

我將手伸進皮囊內，取出皇冠。「陛下，聶達拉小姐差遣我送上這小小的信物，見證我們締結共同的目標。」

我顫抖的手遞出皇冠，而女王倒抽一口氣。我向倫佐撇了一下頭。「我們也帶了這個大盾牌來。」

倫佐拆掉盾牌上包覆的粗麻布，將那沉重的物件放在帕維詠女王腳邊。

「這些禮物太美好了。」女王說，並拿起皇冠檢視。「我很清楚這是什麼——貝利卡皇冠、甘利德之盾。」她將王冠放到頭上，結果尺寸相當吻合。「它們被一群叛軍從這座城堡裡偷走。自稱薩朵的叛軍。」

「呃……是的，」我說：「事實上，正是來自他們那裡。」

「我該問是怎麼跑到你們手上的嗎？」女王問，語氣中有一絲淘氣。

「說來話長。」我回答。

「充滿各種英勇的歷程。」倫佐說，女王聽了翻個白眼。

「本來還有個神奇的管子。」托布說：「我叫它『遠變近』。還是『近變遠』？一根可以讓近處的東西看起來很近，遠處的東西……不，等等！講反了。」他的耳朵稍微下垂了一些。「總之，我們不得不將那個寶物給出去了。」

「噢，嗯。」帕維詠女王和善的對托布微笑，「請向小姐傳達我最深的感謝，謝謝你們歸還這些珍貴的物品。這些東西對我的族人有很重要的意義。」

「那麼，」我鬆了一口氣，「我們似乎達成協議了。我會將您的要求轉達給小姐。鐵、陶器，還有兩座島。」

女王笑了。「還有呢，碧克斯大使。這些小玩意兒，可以說是前菜，讓我知道你們有多樂意相助。」

看來，確實還得下更多賭注。我抬頭挺胸，試著讓自己看起來更有威嚴──而事實上，威嚴是我至今未曾擁有的特質。

「我明白了。」我說話的同時，又有新的一波自我懷疑沖向自己。我剛剛是不是誤讀了她的意圖？「請問您真正想要的是什麼？」

帕維詠女王湊近了一些，我看得出來，她十分斟酌著遣詞用字。最後她的一隻手搭在我的肩膀上。

「碧克斯大使，跟我來。我說個故事給妳聽，還想讓妳見見一隻鯨魚。」

第二部　聲音

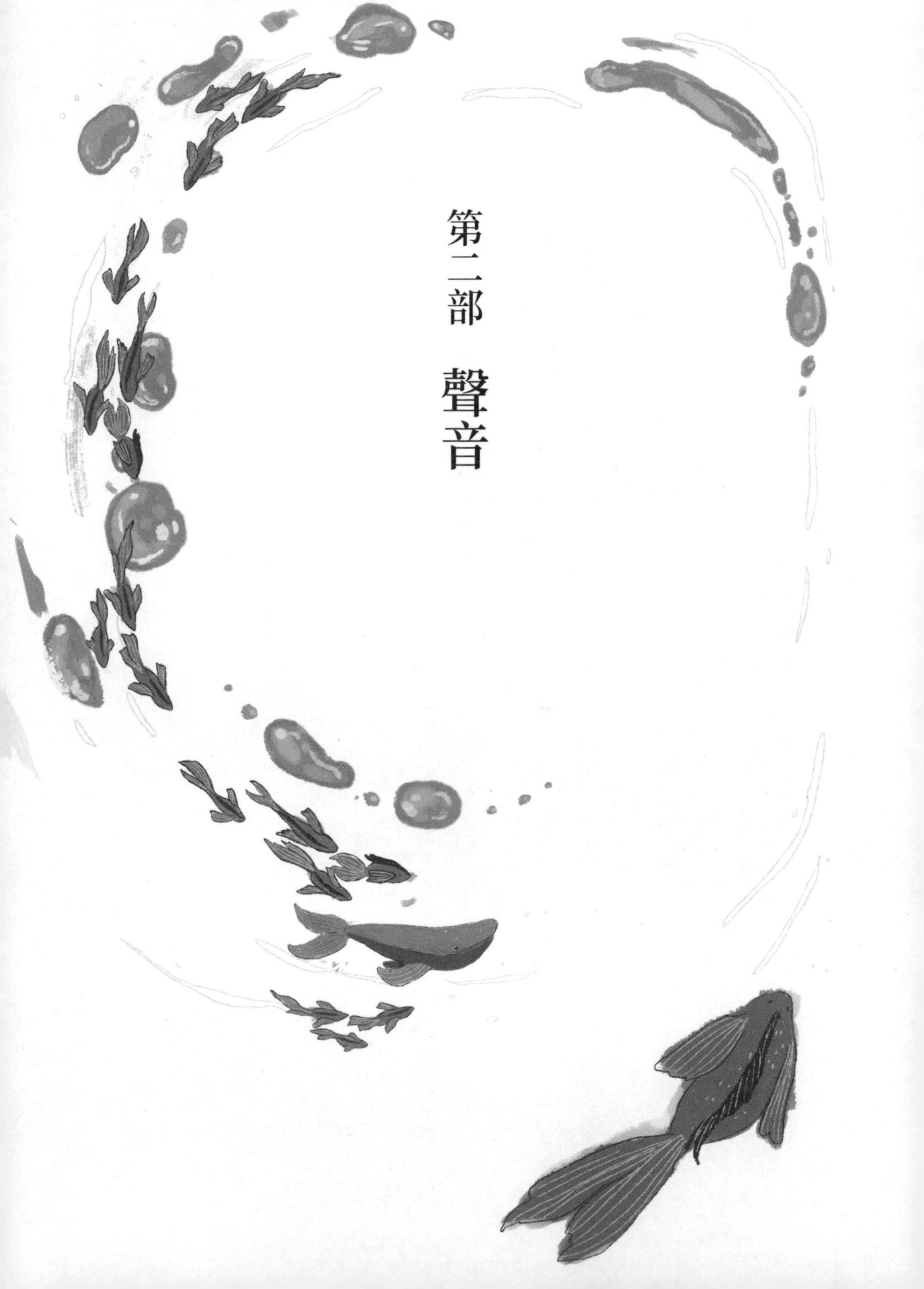

11 帕維詠女王的要求

「嗯，顯然妳給了奈泰特的帕維詠女王非常好的印象。」卡拉說。我與女王會面的四天後，大家聚集在卡拉的帳篷內——在場的有倫佐、狗、托布、甘布勒、麥克辛和我。薩比托窩在帳篷掀蓋內側的露營椅上。就跟大多數拉提頓一樣，他會避免待在密閉空間。

在我們短暫脫隊的期間，和平軍沿著特拉諾河往西前進，打算招募更多士兵。一路上陸續有平民（主要是人類，但也有少數的斐利韋和拉提頓）響應。德爾加洛將我們送回最近的營地，還附上一堆要給卡拉的禮物。

卡拉舉起一個笨重的酒杯。「這杯子是純金的，還鑲滿寶石。」

倫佐豎起一根食指。「還有更多呢。」他攤開自己的斗篷，將一個大布袋裡頭的東西倒到上頭。寶石閃閃發光，有綠色、天藍色、深紅色，還有令人驚奇的粉紅色。

卡拉倒抽一口氣，就連甘布勒都不敢置信的噴了一口氣。

「這些石頭夠我們餵飽士兵好幾個月了。」卡拉說。

我點點頭。「對，女王正是這麼說的。」

「送盾牌的效果非常好。」倫佐撥弄一顆特別大的藍色寶石。「帕維詠也很愛那皇冠。」

「帕維詠？」卡拉念出那名字，對倫佐挑起一邊眉毛。

「帕維詠女王。」倫佐更正。

「跟這些相比，我們的禮物只是小玩具。」卡拉說。她往後靠住椅背，雙手交叉胸前。「那麼，我猜她應該支持我們的計畫囉。」

我點點頭。「做為回報，她想要鐵、聶達拉陶器，還有薩格利亞海灣當中的兩座小島。」

「那些根本不算什麼。」卡拉瞇眼，「她一定還想要更多。」

「對，剛好被妳說中了。」我起身，走到帳篷中央。我不確定為什麼要這麼做。感覺身為大使，這麼做很恰當，何況我接下來要說的內容很正經。

「有點複雜，」我開始說：「我要是漏了什麼，托布和倫佐會幫我補充。」

卡拉點點頭，對我露出鼓勵的微笑。

「各位都知道，奈泰特與遠方的同伴幾乎可以即時同步溝通，背後的原理一直都是個祕密。人類在波西卜繳稅給奈泰特，為什麼連克里什納海的奈泰特似乎都知道呢。他們如何溝通？為什麼從未見過面的奈泰特，卻彼此知道對方正在想什麼？」

「我這麼說吧。」甘布勒插嘴：「如果那是法術，那就是沒有任何人類、斐利韋、拉提頓或特拉曼施用過的法術。我在學者島的期間，研究的其中一個神祕現象就是奈泰特的溝通能力。但那裡的奈泰特什麼都不肯透露。」

「不是法術。」倫佐語氣平淡的說：「我親眼看到了。如果其中有法術，我會知道。」

「看到什麼？」卡拉問：「誰做了什麼？」

「鯨魚。」我說。

卡拉皺眉。「鯨魚？」

「鯨魚。」我重述一次。「水手都知道鯨魚會發聲。」

「喔，對，是真的！」托布驚呼，「他們會唱歌！那聲音真是不得了！」

「那聲音，」我接著說：「在水中的運作方式與在空氣中相當不同。鯨魚唱的歌不只有附近的同伴聽得到，而是會迴響到幾百海里外。」

卡拉發出短而刺耳的笑聲。「我該相信奈泰特能跟鯨魚溝通嗎？奈泰特是統治者物種之一，而鯨魚，呃，只是一般動物。」

我搖搖頭。「從女王告訴我們的事情當中，我沒感覺到任何不誠實的部分……呃，儘管她確實說了一些難以置信的事。」

「說吧。」卡拉說。

「奈泰特就是鯨魚。」我開口：「鯨魚就是奈泰特。不是說他們完全相同，但對奈泰特而言，鯨魚是近親，甚至是家人。他們會用兄弟姊妹、爸爸媽媽這些稱呼來叫鯨魚。奈泰特相信自己是從鯨魚演變成的生物。在漫長的時間之中，某些鯨魚產生了變化，程度很大，大到他們不再是真正的鯨魚，而是全新的生物——奈泰特。」

我暫停，吸了口氣。誰想像得到當大使需要說這麼多話？在此同時，卡拉面無表情的等待著。我不知道她是懷疑、生氣，還是感興趣。

「女王告訴我們這些事的時候知道我們會懷疑，因此做了示範。」我接著說：「她要我隨便說一種水中生物的名字，我說魷魚。女王就開始……唱歌，應該可以說是唱歌吧。那是很短的歌，某種緩慢又有高低起伏的振動。」我暫停了一下。「時間比煎燕麥餅還短……」

「非常短。」托布插嘴，「煎燕麥餅時，一定要小心避免煎太老。」

「就像我說的，」我接著說：「還不到……」

「一面煎三分鐘，另一面只要一分鐘，否則燕麥餅會……」托布愈說愈小聲。「呃，別管我了，很抱歉打斷妳。我太失禮了，請繼續。」

「在煎好一片燕麥餅之內的極短時間裡，」我說：「一隻小鯨魚從水底深處冒了出來。」

「妳說『小』，但其實是非常非常大。」倫佐補充。

「在女王的命令下，」我說：「牠張開嘴巴讓我們看——那洞穴般的下顎盛著一隻火大的大魷魚。」

卡拉一動也不動的坐著。我知道那不是因為她聽不懂我的故事，而是因為她聽懂了。奈泰特擁有的力量足以超越任何人類、拉提頓、特拉曼或玳恩。超越任何法術。

大家領悟了全新的現實，完全沒人激動起來。不過倫佐、托布和我在回程的一路上都是在試圖理解這驚人的真相。如果奈泰特有辦法與遠方溝通，那麼他們就擁有足以和玳恩匹敵的力量。絕對是莫達諾或斯格利卡薩這樣的暴君會害怕的力量。

暴君最害怕的就是真相。如果真相可以迅速被所有人知曉呢？那會怎樣？

卡拉最後終於開口了，聲調莫名柔和，「帕維詠女王向我提出什麼要求？」

「她的要求是，如果妳推翻莫達諾，應該說等到妳推翻莫達諾，繼任者必須同意讓奈泰特參與所有議會。」

甘布勒不自在的調整姿勢。「那麼，整個廣闊的奈泰特世界，將會知曉新統治者說的所有話、做的所有事？」

「對。」我說：「新統治者必須在所有物種面前，公開透明的執政。沒有祕密。這就是帕維詠女王的要求。」

卡拉俐落的點了點頭：「相對的回報呢？」

「相對的，她會確保妳永遠不缺購買軍備或軍隊糧草的資金，也會阻止莫達諾的海軍攻擊戴瑞蘭。」

卡拉什麼也沒說。我已經知道她的答案了。

後來，其他人都回到自己的帳篷了，卡拉揮手示意我留下。「碧克斯，」她說：「我要感謝妳，妳完成了我們希望的每一件事。我會再派一名使者去找女王，針對我的最終決定進行討論。」

玳恩不會臉紅，但我們確實有難為情的感受。我感覺得到臉部毛皮下方突然一熱。「幸好一切都很順利。」我說：「我很怕讓妳……讓我們所有人失望。」

「我的朋友，那種事永遠不會發生。」卡拉拍拍我的背。

「希望妳說得對。」

我們走出她的帳篷，踏進潮溼、冰冷的空氣中。卡拉的護衛是個年輕的人類女性，一看到她便立正站好。「我們完成第一個挑戰了，碧克斯。」卡拉說：「接下來是另一個挑戰。我們會在幾天後召開的軍事會議上討論，不過我要先知道：妳還願意繼續參與嗎？」

卡拉的讚美讓我整個人驕傲的發燙，這一個我覺得自己是無敵的。「我準備好了，十分願意。」我回答。

當晚，夜更深的時候，我清醒的躺在帆布船上，看月亮將樹枝化為嚇人的影子。這時疑慮才浮現。

我準備好幫忙了，也願意執行我分內的工作。但我真的辦得到嗎？有辦法完成卡拉接下來交給我的任務嗎？

那天晚上我睡不著，接下來的好幾個夜晚也是。某幾個晚上，儘管托布在一旁大聲打呼，我還是很害怕。只有安靜的月亮聽得見我的恐懼。

12 軍事會議

我從來沒有參加過軍事會議。在卡拉說出口前，我根本沒聽過「軍事會議」四個字。我也從沒料想過會參與其中。

更不用說在會議上發言了。

但我就在這裡。

會議在我們從淆洌吉亞回來的六天後召開，地點在新營地中間的空地。卡拉的將軍和幕僚都到場了，包括藍臉波蒂克和瓦利斯將軍，還有其他盟友，有些人甚至是在我拜訪帕維詠女王之前，就已經踏上加入和平軍的旅途了。

麥希尼・馬拉克沉默寡言又能幹，帶了五百名持良弓的弓箭手，從空無森林南邊出發，千里迢迢來投靠。

還有一個年邁的灰鬍子盟友也來了，叫菲爾德里，是來自獸亞沼澤的嫌疑犯。莫達諾的士兵試圖屠殺他全村時，他挺身反擊，成了亡命之徒。菲爾德里帶了三百名男女過

來，他們大多善用斧頭，自稱「沼澤貓」。

還有一個叫沃德的奇怪男人也出席會議了，他從佩立奇山脈西側帶了一百個戰士過來。沃德和他的戰士穿著皮背心，還有奇怪的尖頭鞋。他的臉、脖子、肩膀全被黑色刺青覆蓋，讓他看起來像半人半斐利韋，不過甘布勒一點也不欣賞就是了。

從天而降抵達會場的，是翅膀寬闊、長著綠紅雙色羽毛的拉提頓，叫史提姆堡，是強大的拉提頓領袖——洛利德碎頭者的幕僚。

再加上甘布勒、倫佐、薩比托、托布和麥克辛，成員全數到齊了。麥克辛已經康復到可以拄著拐杖走一小段路了，不過我看得出來，他還是很痛。

總共有二十幾個與會者，每個人都站著，沿著空地上擺的桌子圍成一圈。天空中有烏雲飄向四方，畫面撩亂，雖然是正午，但氣溫一直在下降。

桌上擺著一張磨損的地圖，四角以石頭壓著。上頭有聶達拉全境、位於南側的戴瑞蘭，更遙遠處還有一丁點瑪索尼的領地。

「首先，瓦利斯將軍會點出問題。」卡拉說：「接著我想聽聽各位的建議。」她撫平地圖中央。「聰明的瓦利斯表示，打任何仗都要判讀地形。河流、山地、沙岸、森林——這些我們都必須掌握。將軍？」

她後退，而表情嚴肅的將軍上前一步。他的佩劍殘破，彷彿見證過上千場戰鬥。也許真的有。

「北方，索沃山脈隔在我們與戴瑞蘭之間。」他開始說話：「不過我們知道斯格利卡薩已經奴役了特拉曼，逼他們在山脈下方挖一條大隧道。他的計畫是開通隧道，然後將特拉曼突襲軍送到吉巴拉南方的平原上頭，再令自己的軍隊跟進。斯格利卡薩會蹂躪那塊土地，燒掉莊稼和村子，殺死牲畜和人類。不過在那之後，他們會前進佩立奇山脈，也就是他們與莫達諾的首都薩格利亞之間的屏障。」

我看著他粗粗的食指在地圖上畫出一條路線。我對地理的了解不及多數人，但至少這種程度，我是懂的。

「戴瑞蘭人在吉巴拉平原上有兩個選項。他們可以爬上佩立奇山脈，沿著南邊的山脊進入薩格利亞。或者，他們可以派軍隊——人類和特拉曼都可上路，沿著海岸南下，途中得穿過茂密的森林、渡過一條河。莫達諾將會提升那條路線的戒備。光是要抵達薩格利亞，對他們來說就會是漫長、血腥的戰鬥了，更別說要攻陷它了。」

我突然有了一個奇怪的領悟——在這場戰爭中，我不知道該支持哪一方。我是在聶達拉出生的，當然了，但我對殘忍的莫達諾沒有任何虧欠。

瓦利斯將軍撥了撥紅鬍子，盯著地圖。「我相信，如果戴瑞蘭人真的從特拉曼的隧道冒出來，卡薩就會命令他們翻越佩立奇山脈。莫達諾不知道隧道的存在，不會提高吉巴拉平原或山脈地帶的戒備層級。不過對戴瑞蘭人而言，在冰冷的氣候中翻越山脈仍然是困難的任務。將會有許多人死於高山症。」

「啊，我聽過。」托布在我耳邊說悄悄話。

我不可能沒注意到薩比托和史提姆堡的表情。他們聽到人類會因為海拔高度而生病時，都一副沾沾自喜的樣子。

沃德開口了，這是我第一次聽到他的聲音。身為外表充滿野性的生物，他的音調真是高得令我意外。

「我們很習慣高海拔。也很熟悉佩立奇山脈，就像自己孩子的臉那般熟悉。不論那條路線對戴瑞蘭人有多難走……」他用拳頭搥了一下自己的胸口。「我們都可以讓它變得更加、更加難熬。」

卡拉點點頭。「沃德，我正希望你自願挺身而出呢。」

「我們希望先將孩子和其他無法戰鬥的人帶到安全的地方。」沃德補充。

「當然。」

「然後呢？」他咧嘴笑，那模樣不怎麼令人安心，因為他有刺青，又缺牙。「然後對我們來說就像回家一樣。那是我們的山脈！我們待在平地反而會神經兮兮。」

「如果我這麼說呢？」卡拉說：「請你們在不發動攻擊的前提下，盡全力拖延戴瑞蘭人橫越佩立奇山脈的時間。」

沃德笑了。「無法用斧頭劈開幾顆戴瑞蘭腦袋，我會覺得很遺憾。不過老實說，我們可以用更簡單的方法拖住他們——推倒樹木、使河流改道、引發山崩。封住道路和小徑，他們悲慘的日子就來了。」

沃德顯然喜歡這主意，他已喜孜孜的在搓揉雙手了。

「我們也準備好要提供協助了。」拉提頓史提姆堡說：「果爾峰是佩立奇山脈最高峰，那裡的老鷹將會是你們在天空中的眼睛，沃德。」

「哈！」沃德高喊。「很高興能接受你們的幫助啊，我的拉提頓朋友。」

甘布勒清了清喉嚨。

「甘布勒，怎麼啦？」卡拉問。

「斯格利卡薩是瓦爾提，身為凶猛的斐利韋。他很狡滑。我認為他會有第二道進攻路線。」

「那會是聰明的一步。」瓦利斯將軍說：「莫達諾軍力強盛，但規模再怎麼大也不可能無時無刻無所不在。有什麼軍隊可以對抗得了一千隻，甚至更多的特拉曼，加上訓練精良的人類部隊？」

「如果奈泰特女王遵照諾言，她會封住莫達諾的海軍，」卡拉來回踱步，「那麼我們就確保了戴瑞蘭最終會勝利。我們會拉下一個暴君，換上另一個。但那不是我們的目標。」

藍臉波蒂克開口了。「特拉曼透過隧道突破防線後，會有大隊特拉曼湧入吉巴拉平原。」她目光炯炯，但語氣冷靜和緩。「我們會盡全力阻止，但那樣還是會有十幾座村子、數千片農地、成千上萬的無辜百姓遭到特拉曼和卡薩蹂躪。」

「要在隧道前阻止他們，」卡拉說：「就得比他們早一步抵達——然而我們辦不到。」

所有人都安靜了幾分鐘。我們盯著地圖，彷彿純靠意志就能使答案浮現。起風了，四周的帳篷像晾成一排的床單，劈啪作響。

「呃……我並不是將軍，只是個小偷。」倫佐開口了，語氣充滿不確定，甚至有點害羞，一點也不像平常的他。「不過，我們能不能派一小隊人馬打頭陣，至少拖慢特拉曼的攻勢？如果他們慢下來，無辜村民所受的損害就會少一些。到時候卡薩會更急著要跨越佩立奇山脈，然後再被沃德的人馬拖住一次。」

「由我的人馬當嚮導，」沃德回答：「也許可以調度一支小隊到隧道開口附近，但要讓士兵們就定位，可能需要幾週的時間。」他搔抓後腦勺，「會比小姐的軍隊更早到，但提前不了多少。」

倫佐嘆口氣，緩緩點頭。

史提姆堡揮動單邊翅膀。「拉提頓可以在那時間內飛越山脈，不過我們無法打敗特拉曼，甚至難以拖慢他們的速度。我們和地面生物並肩作戰時可以立大功，不過單獨作戰的話……」

托布膽怯的舉起一隻獸掌，除了我之外沒人注意到。

「可以集結當地居民的力量來作戰嗎？」波蒂克問。

瓦利斯將軍聳聳肩。「農夫們要用什麼武器對付特拉曼和卡薩的軍隊？乾草叉和鋤頭？」

「波蒂克說得對。」卡拉說：「我們需要援軍。」

托布又揮動了一次他的獸掌。沒人留意，但我感到好奇。「托布，請說？」我說。

「我，呃……」他環顧四周，圍成一圈的戰士令他舌頭打結。

「說吧，托布。」卡拉說：「請說。」

「拉提頓可以運送我們的戰士飛越山脈嗎？」托布發問時，巨大的耳朵顫抖著。

「你太看得起我們了。」薩比托說：「你認為拉提頓載得動……比方說，瓦利斯將軍嗎？」

眾人大笑。起先我以為托布可能會退縮，陷入沉默，但薩比托的消遣反而激勵了我的小小朋友。

「當、當、當然不可能載得動人類或斐利韋，」托布說：「不過，我這麼說不是要反駁你——我們大家都是朋友，如果我的話冒犯各位值得欽佩的拉提頓，我願意道歉。不過……呃，拉提頓肯定載得動渥比。我認為體型最大的拉提頓連玳恩都可能載得動。」

沃德又笑了，但卡拉沒笑。「托布，你想告訴我們什麼？」她前傾身體問道。

「小姐，我們體型很小，我是說我們渥比，也經常被當成次等生物，因為我們並不是統治者物種之一。但妳也見識過了：我們氣到某個程度就會，呃，非常無禮。」

這次卡拉笑了，我也是。

「無禮？」她跟著說了一次。「無禮？我看過你發飆的模樣，我的朋友。『兇猛』還比較恰當呢。」

「不管我們的朋友托布有多兇狠，」波蒂克說：「他都只是一隻小渥比。」

托布轉頭對波蒂克說：「那如果有五百個我呢？」

沃德想開口，但卡拉稍微揮了一下手，要他安靜。「五百？要去哪裡找五百隻願意冒生命危險的渥比？」

托布剛好知道答案。

13 兩隻小生物

「很抱歉又得派你出任務了，碧克斯。」卡拉隔天早上說，那時我們正在吃麥片粥和火腿當早餐。「妳太珍貴了，浪費不得，不該讓妳待在營地閒著。」

當她說「珍貴」時我有沒有得意起來呢？有，我承認。

「當然了，妳得再次扛起『大使』這頭銜。」卡拉補充。

「大使」這個字有沒有讓我稍微倒抽一口呢？也許有一點。

我開始懷疑，頭銜雖然亮眼，但也可能成為一座監獄。你得到一個標籤，別人就會開始對你抱持特定的期待。

事實上，儘管卡拉稱讚我，我還是有點覺得自己像個騙子。冒牌貨。「大使」在我耳中聽起來還是很假，也許永遠都會這樣。

儘管如此，我與奈泰特女王會面的任務確實幫助了和平軍。我沒讓卡拉或我的朋友失望，最重要的是，也沒讓我自己失望。

如果卡拉希望我繼續當大使，那就這樣吧。

時間還很早，空氣寒冷而潮溼。整個晚上雨下下停停，停了又一副要下的樣子。

在倫佐的幫助下，我在馬鞍袋內裝入食物和溫暖的毯子。兩個水袋綁在皮帶上。哈沃克甚至換了新的蹄鐵，多虧剛加入軍隊的鐵匠幫忙。

卡拉給了我一個小束口袋，裡頭裝著奈泰特的寶石，而倫佐忙著對袋子施加法術。法術可以讓旁人難以看見寶石，除非我主動給對方看。

「你確定你會？」卡拉問倫佐，並偷偷向托布和我使了個眼色。

「什麼？」倫佐質問：「妳竟然感懷疑我對珠寶施隱藏咒的能耐？我是不是該提醒妳這是我的專業呢？」

「我以為防賊就該找賊防呢。」托布說：「我不是要叫你賊就是了。」他連忙補充：「我並不想汙辱你。」

倫佐的手往下撈，然後將托布抬到馬鞍上，也就是我的背後。「托布，我確實是小偷。」

「你原本是小偷。」卡拉說。

「對，我原本是小偷。」倫佐說完憂愁的嘆了一口氣，「現在我是個馬販。」

「什麼意思啊，倫佐？」我邊問邊調整馬鐙。

「卡拉派我去因非那買馬。」他說「買」這個字時，顯然充滿厭惡。

「對，用買的。」卡拉說：「我已經託付了一大堆寶石給你，前任小偷倫佐。」

倫佐好好將托布擺定位，然後調整小小的馬鐙，這樣托布才能在我背後坐得舒適。倫佐轉身面對卡拉時，卡拉向他走近一步。事實上，相當近。我發現甘布勒別過頭去，眼睛流露笑意，雖然他的臉一如往常嚇人。

「妳覺得我會不會拿走寶石，在某個安全的地方買片農地給我自己？」

「你不會。」卡拉說。

「妳似乎很篤定。」倫佐說。

卡拉碰了他的臉頰，而且手指在那裡停留的時間似乎（至少對我而言）相當久。倫佐低下頭去，兩人的額頭碰觸了一會兒。那不是高貴的小姐會對小偷做的事，也不是小偷膽敢對高貴的小姐做的事。

「噢！」我驚呼，但聲音很輕，這樣只會有托布和甘布勒聽到。

「看來，」托布看著甘布勒說：「碧克斯剛剛想通了什麼。」

甘布勒點點頭。「你說對了。」

他們兩個似乎都很樂。顯然我是最晚發覺的，儘管事情顯而易見。如今我思考了一下這狀況——小姐和小偷陷入了愛河。

我想起我媽和我爸。他們對看時，經常給人世界上只有他們兩隻玳恩的感覺。那是我見證過的愛（愛情那種愛）。不知怎麼的，我天真的以為只有我爸媽才會用那種方式看著彼此。

卡拉和倫佐？

「我有時候有點遲鈍。」我承認。

「他們正值談情說愛的年紀嘛。」甘布勒說，他的肩膀扭動了一下，算是斐利韋風格的聳肩。我猜他並不反對卡拉和倫佐在一起，只是對愛情這種概念感冒。斐利韋大多是獨居動物。

「你要跟倫佐一起去嗎？」我問甘布勒。

「對。」他說：「我很樂意跟妳一起去，碧克斯，但妳要去見的對象並不喜歡斐利韋。」

「也許是因為斐利韋會吃我們的族人。」托布說。

「對，」甘布勒說：「也許是因為那樣。」

倫佐幫自己的馬裝鞍的期間，卡拉來到我身邊，檢查我包包裡的每一樣東西。她很滿意，然後說：「碧克斯，我只派妳和托布，是因為兩隻小生物騎在一隻小馬上，也許比較不會被想找碴的士兵盯上。」

「對，」我擠出一個微笑。「我們不會有事的。」

卡拉看著我們兩個，玳恩加渥比，然後點點頭，「你們看起來或許不像英雄，但我相信你們。」

我聽到托布忍住啜泣。

「現在聽我說。」卡拉壓低聲音，「這是妳的第二次任務，碧克斯。我完全對妳有信心。不過在妳短暫的生命中經歷過了這麼多事。我有時會擔心妳和托布。我不知道前方有什麼在等著，但我們已在戰爭爆發的邊緣了。而戰爭會使人改變。我要妳繼續相信妳所相信的。不管接下來發生什麼事，妳都要記得自己是誰。」「是的，小姐。」我突然用正式的口吻回答，雖然我懷疑以前那個碧克斯根本就不存在了。

「薩比托和史提姆堡已經飛向友方的棲息地尋求幫助了。他們之後會與你們會合，幫忙運送你們招募到的渥比。」

「妳聽起來很有自信。」我說。

「因為我真的有。」

我聽到噠噠馬蹄聲了。瓦利斯將軍騎著馬衝過來，那栗色的野獸足足有哈沃克的兩倍大。

「很好，你們還沒離開。」他翻身下馬（以一個巨漢而言，動作相當優雅），從皮袋中拿出一樣東西。「我有個禮物要給你們。」

他解開一塊布，露出眼淚形的小盾牌，材質是木頭和熟皮革。

「這應該合妳的體型，碧克斯。」將軍說：「要這樣拿。」他模擬將手滑進皮帶的動作，實際上無法穿過去，因為他的手臂跟我兩條腿合併一樣粗。「圓圓這端朝上，保護身體。尖尖這端朝下，可以在妳騎馬時保護腿。」

「您真是好心啊，將軍。」我說：「太感謝你了，我無以回報。」

「不，妳有。」他又拿出平常的戰士風範了。「完成小姐的任務，就等於是還我人情了，還有找呢。」

我看過士兵行舉手禮的模樣，試著照做。他也回禮。這時托布認為他最好也行個禮，結果戳到自己眼睛。

我們騎馬上路，大聲道別，同時感受到希望、刺激，以及恐懼。

14 再見，麥克辛

我們沒走多遠，才剛離開營地，我就看到麥克辛獨自站在那裡。

「麥克辛！」我大喊：「你在等人嗎？」

「我在等妳。」他露出猶豫的微笑，「當然啦。」

我下馬，這樣他才不用抬頭看著我，也因為覺得他有話想要私下和我說。

「看你能走更多路了，感覺真開心。」

「我偶爾還是需要拐杖。但絕對有改善。起碼已經夠好了吧，小姐才會託付任務給我。」

「喔？」我說。沒想到卡拉那麼快就指派工作給麥克辛。但她必須運用手邊的所有人才，而麥克辛和我身為玳恩確實有獨特的能力。

「我接下來要登上特拉諾河口的一艘小船。」

「船？」我問：「我們有船？」

「不，但那裡有艘海盜船。」

「什麼？你要跟海盜走？」

「那些海盜惹到了奈泰特。」他解釋，「他們急切的想再次贏得帕維詠女王的歡心。小姐說，路上會有奈泰特暗中監視我們。」

我一隻手搭上他的肩膀。「那你要去哪呢？」

「去失落的聚落。」他說：「我會繞過整個聶達拉，前往佩拉苟河。我還沒辦法騎馬長途旅行。」

我皺眉。失落的聚落是個孤立的玳恩小漁村。「卡拉想要你帶更多玳恩來應戰嗎？」

「不，我想，小姐知道我並不是戰士。」麥克辛舉起雙手。「她實踐著我們期待的和平，並不是要玳恩拔刀，而是要玳恩判別真偽。」

我盯著我的玳恩同伴，宛如面對著溫順的鏡像，「很抱歉得離開你身邊，麥克辛。真希望我們有更多時間成為更好的朋友。」

我不太確定自己說這話是什麼意思。我希望麥克辛和我的友誼就像我和托布一樣好嗎？或者說，我指的是卡拉和倫佐那種朋友。

甘布勒說那兩個人類正值談情說愛的年紀。但我不覺得是那樣。而且不管怎麼說，我對麥克辛似乎沒有那種感覺。

然而，我們之間的關係還是很特殊。我們是兩隻玳恩，在這個玳恩瀕臨絕種的時代。我的家人和村子遭到屠殺後，我在聶達拉到處旅行，相信自己就是玳恩末體，直到遇見麥克辛和他父親。那段記憶將會永遠銘刻在我心中。

「我好擔心妳會走上比我艱難的道路，碧克斯。我接下來會在船上閒著，躺在陽光下，每晚吃鮮魚。」他轉過頭去，確定托布不會聽到。「事實上，我……」

「怎麼了嗎？麥克辛。」

「沒事。」

「沒關係的，你可以說給我聽。」

「碧克斯，我不像妳那麼勇敢。」他的話語像淚水般湧出。「告訴我，妳是怎麼辦到的。告訴我，妳是怎麼辦到的。」

我的嘴巴張得開開的。「我……我……什麼？」

「妳和火騎士對峙。妳站在莫達諾面前，並沒有崩潰。妳還拯救了玳恩聚落。」

他的最後一句話令我反胃。當時我策劃讓一艘著火的船漂向瑪索尼海盜的封鎖線，有許多瑪索尼人因我而死，太多了。

從前的碧克斯絕對不會做這種事。

「在那些時候，我都很害怕。」我承認。

「妳，害怕？」

「嚇壞了。」我說。當然，麥克辛身為玳恩，知道我說的是實話。「我認為你不可能停止害怕，麥克辛。我認為勇敢的意思並不是不害怕，勇敢的意思是——害怕的同時，仍然去做必須做的事。」

就算那同時代表了必須放棄童年時代的自己——我在心中對自己補了一句。就算那代表自己必須變成一個冷酷、算計的人。能夠合理化殘酷作為追求更大利益的人。

「也許吧。」麥克辛的話語充滿懷疑。

「麥克辛，不管發生什麼事，你都要記得自己是誰。」我覺得自己好假，只是在模仿卡拉幾分鐘前對我說的話。但我不是一個演說者，不知道要怎麼說出有啟發性的話。

麥克辛歪了歪頭，露出賊賊的微笑。「妳有沒有想過，當這一切結束之後……」他的手朝軍營揮了一下。「我們會怎樣？」

「沒有耶。」我承認。

「我們會和其他玳恩住在一起嗎？」麥克辛問：「建立新聚落？新……家庭？」

「可能吧。」我說：「但目前，這裡就是我的家。我不敢想更久以後的事，懂我意思吧？」

「一路順風，碧克斯。」麥克辛說，他的黑眼珠閃閃發亮。他向托布揮手，「也祝你一路平安啊，我的朋友托布！」

我們擁抱彼此，感覺有點彆扭。然後我爬回馬鞍上，繼續前進。我時不時轉頭看看麥克辛，他目送我們直到消失。我感覺喉嚨裡哽著頑固的硬塊，滾燙的眼淚就快流出來了。

堅強一點，我對自己說。妳還會再見到麥克辛，很快就會再見到所有朋友了。

在此同時，我有一張地圖。還有一把小小的劍、一面盾牌。我的囊袋裡有寶石。我有忠實的馬匹哈沃克。還有最親愛的朋友托布在身邊。

我只需要做一件事，前人從未做過的事，而且我知道兩國軍隊都樂見我死掉。

「這趟旅程會很好玩的。」托布這話說得一點也不篤定。

「一次冒險。」我的語氣跟他一樣平。「不過我不喜歡和大家分開。」

托布用鼻子頂了我一下。「妳沒和我分開呀。」

「托布，你知道我的意思。卡拉與和平軍面臨著危險。我們離開的期間完全無法得知他們的狀況，很可能得到通知時一切都已經太遲了。」

托布陷入沉默。他說不出什麼安慰的話，因為我們都知道我說得很對。我們就是得承受可怕的不確定性。

我提醒自己——當然了，生命的整個歷程都是這樣，不是嗎？我想起熱愛諺語和俚語的老爸曾說：「唯一確定的就是不確定。」他說得對極了。

我們騎了一整天的馬。前兩個小時，沿著特拉諾河北上，然後往西轉進森林地帶，朝終點波西卜前進。

如今，我已經造訪過一些森林了。在我看來，有些森林可愛、蒼翠，地上鋪著落葉之毯，裡頭住著溫順的生物。

你可以感受到森林的性格，有些幾乎顯得很好客。

我們要進入的，不是那種森林。

地圖上的那片濃密森林沒有名字，不過在當天早上出發前，藍臉波蒂克把托布和我帶到一旁。

「我掙扎了一陣子，一直在想該不該告訴你們。」她的開場白不怎麼振奮人心，「我不想嚇妳，碧克斯。但關於你們即將通過的森林，我知道一些沒有人知道的事。」

沒錯，一點也不振奮人心的開場白。

「那片森林在地圖上沒有名字是有原因的。是這樣的，很久很久以前，在大洪水來臨前，甚至在厄曼的紫杉之前，有一個魔法師，巫師。你們要知道，在那古老年代，法術的力量並不像現在這麼微弱，大家不只會使用期限短暫的小咒語。當時，魔法非常強大，而最強的魔法師就是——」波蒂克緊張的張望了一下。「噶基叩。沒有地圖標出那片森林的名字是因為，森林真正的名字叫『噶基叩哎茲庫塔』。」

「聽起來好怪的名字。」托布說。

「那是古代語，邪惡的語言。」波蒂克打了個冷顫。

「不過這魔法師早就已經死了吧？」我說：「他當年施的任何咒語早就已經失效了，對吧？」

波蒂克擠出一個懷疑的微笑。「妳說得沒錯，我很確定。」她說：「儘管如此，我還是覺得你們應該要知道。」

此刻，面對著一排排黑暗巨木，我們想起了波蒂克的警告。不過就算沒聽她說過那些話，我還是感覺到前方的森林不太對勁。

就算她沒跟我們說「哎茲庫塔」是「恐怖」的古代語也一樣。

「好幾個世紀以前了。」我們騎馬通過樹下時，托布喃喃自語，「那都是好幾個世紀以前的事了。」

「是啊。」我同意，同時吸了一口青苔和腐敗物的潮溼氣味。「是很久、很久以前的事了。而且這是一片遼闊的森林，有好幾平方英里呢。不管那邪惡的巫師做了什麼或沒做什麼，都只會影響到這森林的一小部分，而不是全部。」

「當然囉。」托布贊同。

我們繼續前進，想靠聊天擺脫恐懼。

但馬聽不懂我們說的話，只明白自己的感受。從那猶豫的腳步和低垂的頭來看，哈沃克並不喜歡這片森林。一點也不喜歡。

結果證明，牠是對的。

15 噶基叩哎茲庫塔

我們繼續深入昏暗的森林，小徑逐漸消失在原始的地貌中，最後只能自己找路走。只要太陽還在天空，我們就能掌握方位，但隨著冬季逼近，白天愈來愈短了。夜晚一旦降臨，我們就無法從樹枝形成的厚重遮蓋間尋找星星。

在森林外圍，我們會碰上又高又筆直的常綠樹，樹枝高掛樹幹上頭，大部分都可以輕易繞過。但隨著我們往前進，常綠樹消失了，取而代之的是多瘤、奇形的橡樹，以及黑葉低垂的泰如樹。

我們繼續往前挺進，如果要完成目標，每一分鐘都很珍貴。不過森林裡的黑暗愈來愈深邃，最後我甚至看不到哈沃克的鼻子了。

我試著用愉快的語氣說：「呃，我猜我們得在這紮營了。地面又平又乾，我還聽到附近有溪流的聲音。至少我們可以把水袋重新裝滿。」

「我不喜歡這地方。」托布說，顯然沒被我刻意表現的樂觀語氣騙倒。

「拜託，托布。真的要繼續讓那些故事嚇倒我們嗎？那邪惡的巫師老早就不在啦。」

「要，」托布說：「我們當然要。」

「生火之後，你會好受一點的。美妙的小營火，那就是我們需要的。」

我們找到了足夠的枯枝和掉落的樹幹，但四周實在太暗了，整個過程都得四肢著地摸找。又過了一小時才升起像樣的營火，那時我們已經很餓了。

儘管生了火，我們還是只看得到方圓幾英尺。我們安靜的吃飯，聽溪水潺潺流動。要等到早上才能去找水了。吃飽後，我在哈沃克頭上掛了一袋燕麥，托布和我拿出鋪蓋。

我神經緊繃，不覺得自己睡得著。至於托布，則發誓要徹夜警戒。不過幾分鐘後，我就聽到他那熟悉的，歌唱般的鼾聲了。那聲音以及騎馬一整天的煎熬，使我的疲倦戰勝了恐懼。

隔天早上，我嚇醒了。托布俯瞰著我，一隻手按著我的肩膀。他的眼睛瞪得比平常更大了，而且他在發抖。

我眨眨眼，讓眼睛適應病懨懨的灰色天光。「怎麼啦？」我問。

托布說不出話，就只是瞪大眼睛。

我站起來，接著我也看到了。

不到一百碼外，有一片荒涼的空地。中間有一個巨大的塚，高度是我身高的十倍。

完全由骨頭堆成的塚。

「那是某種……某種……」我開口，但我根本不知道那是什麼。堆積如山的骨頭，會有什麼自然的解釋嗎？就算有，也無法說明我們接下來看到的畫面。

我們四周的樹木不只是樹幹、樹枝、葉片，每棵樹都是從骨頭裡面、骨頭周圍或穿過骨頭生長出來的。

最靠近我們的似乎是人骨，離地好幾英尺。一隻腳從黑色葉叢中穿出，低矮枝幹間則有一隻枯骨之手，似乎指著天空。我不情願的對焦眼睛，發現有個骷髏頭在樹幹裂口深處空洞的回瞪著我。

托布抱著我的腰，頭半埋在我的毛之中。

「這是什麼地方？」我問話的聲音像是被掐住了。「弄出這地方的，會是什麼樣的怪物？」

「我們不能……不能……不能繼續前進！」托布說：「這裡被詛咒了。」

我伸手環抱他的肩膀，安慰他。但我自己也需要安慰。托布說得沒錯，這裡是個邪惡的地方。

「那是什麼？」托布倒抽一口氣。

「什麼？」我質問。

「我聽到有聲音，像是悄悄話。」

玳恩的聽力很好，不過渥比更好。托布的耳朵正在顫抖，轉向我們左方。我等待著，接著我也聽到了。一個粗啞的嗓音，念著歌詞或詩詞：

大蠢蛋來，大蠢蛋走，
但沒半個敢挑戰偉大的噶基叩。
他扒他們皮，漂白他們的骨頭。
為汙辱付出代價囉。
伺候、服從他，屈服並讚頌，
否則你將成天受苦痛。
必定的是——種什麼因，得什麼果。
因為無人挑戰噶基叩。

我們臉色難看，面面相覷。只想逃離這可怕的地方，但那簡單的詩句帶著某種催眠的成分，讓我們想要看，非得看看那聲音的源頭。

接著，我們看到了不敢置信的畫面。

那顆頭擺在一個巨大的樹木殘幹上。沒有身體，沒有手。只有頭和脖子與古老樹木的圓形切面混接在一塊。

那不是人類或斐利韋或我見過的任何生物的頭。沒有毛髮，肉是血紅色的，邊緣還有隆起的橘色條紋。臉中央有兩道垂直的裂口隨呼吸開闔，不過我不敢猜它是怎麼呼吸的，也不敢想氣都吸去哪了。

看起來像嘴巴的部位形成一個V字，底部尖尖的，像是某種怪誕的微笑。兩顆小眼珠上有黑色長縫，跟蛇眼一樣。頭頂端有三個突起的角。

我們站在那裡，沒眨眼，動彈不得，那顆頭則奮力念著幼稚的韻詩：

他會切開你的肉，你將血流成河，
他會挖出你的眼，你將尖叫驚愕。
無論遠或近，無論你往哪裡走，
都無法逃離偉大的噶基叩。

「那是什麼？」托布低聲說。

我緩緩搖頭。「托布，我不知道。」

那雙眼睛原本茫然的盯著前方，這時倏的聚焦在我身上，念著：

玳恩和渥比前來見識，

噶基叩對我幹的好事。

玳恩。渥比。

我動彈不得，托布緊抓著我，彷彿我是汪洋中的一艘小船。

「他看得到我們！」托布大叫：「碧克斯，他看得到我們！」

16 殘幹

我歷經了一場悲劇，接著踏上漫長的旅程，過程中看到了許多古怪又嚇人的事物。

然而，沒有任何東西比眼前的畫面還要詭異。

雖然那顆頭很可怕，但有另一種感受在我心中騷動——憐憫。

是誰對一個生物做出這麼可怕的事？

我想退後，想抓住托布，跳上哈沃克，讓牠狂奔離開。

但我辦不到。

我清了清喉嚨。「我想……」我開口，但聲音隨後變得像老鼠吱吱叫。

我又試了一次，「我想知道你的名字，先生，或小姐，或任何你希望的稱呼。」

我名叫殘幹，而你要知道，
此名來自噶基叩。

在我遺忘的記憶深處，
人們叫我瑞伊城堡之主。

托布抓我手的力道好大，都讓我發痛了。「不過，你是什麼生物呢？」我問那顆頭。

背負的詛咒橫亙時間長河，
不斷低誦洶氣童稚的詩歌。
過去我們是強大的卡達萊，
如今是夜晚出沒的孤骨唉。

我回頭看，結果只勉強認出剛剛看到那一大堆骨頭。乍看之下，我從尺寸認定那是人類的骨頭，但仔細觀察細節，我發現所有頭骨都長著角。

「我認為那些是……應該說本來是，他的同伴。」我說：「卡達萊。他剛剛是這麼說的，對吧？」

托布的頭仍埋在我的毛裡頭，這時只往外瞄了一眼，時間夠他說出：「問問他同伴在哪，我們也許可以讓他們知道他……變成這樣了。」

「殘幹？」我覺得搬出這名字很粗魯，但那是他報給我們的。「你的同伴在哪？」

殘幹眨了眨他爬蟲般的眼睛。他的下一段話雖然帶著打油詩的感覺，但深深刺痛了我。

卡達萊曾生活在和平之中，
在名為芙蘿伊斯的西方土地上頭。
直到噶基叩奪走我們所知一切，
徒留我在此吟詩。

以無盡的詩句和折磨的韻詩，
訴說時間長河的故事。
我是失落的物種，活生生的幽靈。
所有人眼中的凶兆，以身為末體為榮。

一聽到「末體」這字，我驚訝的倒抽一口氣。「怎麼會有誰屠殺了整個種族？那是什麼樣的怪物啊？」我質問。

脆弱與恐懼者渴望殺戮，
無辜者之血便會濺出。
比起去學、去愛或去創造，
去恨總是比較容易。

我乃我們物種的末體，
永遠不會離開此地。
我不情不願的訟唱詩歌嗅，
只為令所有人畏懼噶基叩。

我擦去眼中的淚水。我們什麼也做不了，沒辦法為他改變什麼。

「我很遺憾，」我低聲說：「非常遺憾。」

殘幹閉上眼睛，不再說話。

我們騎馬離開，狀況比來時更糟糕了。末體，我剛剛和一隻末體面對面。也許我看到的就是我自己的未來，噩夢版的。

接下來我們沉默了好幾英里路。可怕又冰冷的重擔壓在我們的心臟之上，那是我們拋下的可憐蟲所帶來的悲傷。

我在想，會不會有任何人記得卡達萊？會不會有哪個知識淵博的學者一聽到名字就會面露喜色，說：「啊，對啊，卡達萊！」還是說，只有通過殘幹附近，近到能聽見那陰森韻詩的稀少旅客，才會喚起這個名字的記憶？

他在那恐怖咒語的陰影下活了幾世紀？什麼樣的魔法師有如此強大的力量，能使咒語和詛咒持續世世代代？

當這個世界的破壞者——莫達諾、卡薩，以及所有貪婪又胡搞的怪物，當這些人終於殺死最後一隻玳恩時，會有殘幹這樣的角色來展示我們的消失嗎？

「面對這樣的邪惡，我們怎麼存活得下來？」我說，並沒意識到自己大聲將這句話說出了口，直到我聽見托布的回答。

「別讓他們贏就是了！」他厲聲說。

如血中毒素般的恐懼退去了，他的語氣於是兇狠了起來。但當然了，托布畢竟是托布，他鄭重向我道歉。

「托布，有哪些神奇的物種已經消失了？」我問：「有多少美好的物種，有多少奇景都消失了？只因為有能力摧毀的人動手了。」

「世界更悲傷、空洞、醜陋，這樣才更適合那些人。」托布說。

我從來沒聽過托布說出這麼沮喪的話。想找些話來鼓舞他，但我自己也很累，悲傷累壞我了。

我們繼續前進，穿過森林，而我試圖想像這座森林在噶基叩來臨以前的模樣。樹上是不是充滿小鳥呢？鹿和波利貓會不會在這裡嬉戲？我的同類，或者托布的同類，曾經走進這片森林採野莓和野花嗎？

托布複頌了殘幹的詩句：

比起去學、去愛或去創造，
去恨總是比較容易。

「還有更簡單的，」我說：「就是完全不阻止惡行，看到慘狀就別過頭去。頂多喃喃自語，搖搖頭。」

「我們不會袖手旁觀。」托布問：「對吧？」

「托布，」我勉強擠出一個蒼白的微笑，「我們絕對不會袖手旁觀。」

17 瑞格勒

快傍晚時，我們離開了噶基叩詛咒的森林，踏上西方高地的最低處。一感覺到蒼白陽光像香膏般淋到頭上，就有兩件事發生了。

首先，哈沃克加速了，牠抬起頭，漸漸跑出穩定的高速，擺脫那可怕地方的陰影。

第二，托布和我立刻就餓了。

「我餓死了！」托布說。

「哈沃克也是。」我笑笑的指著一塊空地，上頭長著棕色的短草。「牠在看自己的飯菜。」

我讓哈沃克狂奔，拂過我毛皮的風令人精神振奮。我的眼睛凍到流淚了，但我知道，愈遠離那片森林我就愈開心。

哈沃克抵達那片美味的綠草地後，我們便下馬。托布的肚子發出巨大的咕嚕聲，我的肚子則咿咿叫。

「感覺就像我們的肚子在對話呢。」托布邊說邊開始拿出食物。

「如果不找東西來生火，今晚會很冷的。」我說。

「不用擔心，如果我們騎快一點，就能抵達露卡別那森林外圍。到時候就能找到夠多木柴，生一個明亮的營火。」

我皺眉。「又是森林？」我問。

「噢，不是的，碧克斯。那座森林一點也不像剛剛那個可怕的地方，等著看吧！」

吃跑後，我們繼續騎馬展開漫長一天的旅途，通過微微起伏的丘陵。馬鞍讓我身體痠痛，我不只一次提議直接下馬過夜，生不生得了火都沒差，雖然有火是最好，因為空氣相當冰涼。我的腳麻了，由我的感覺來判斷，我的手指搞不好都已經變成了臘腸。

「都這時候了，」托布說：「我猜瑞格勒已經發現我們了。牠們的視力很好，懂我的意思吧。幾乎就跟拉提頓一樣敏銳。」

「瑞格勒？」

「當然是瑞格勒囉。」這時，他發現我根本不知道什麼是瑞格勒，開始解釋：「瑞格勒是很棒的生物，一直是渥比的好朋友。我們經常和瑞格勒交易。我們送上一些魚或貝類，牠們就會提供蜂蜜和精巧的木工製品當作回報。當然啦，牠們還很會幫忙編抓魚用的網子，所以說……」

托布愈說愈小聲，陷入自己的思緒當中。

我們繼續騎馬朝落日前進，身體冷但精神樂觀。黑暗降臨了，厚重的雲層湧動。我們再度失去星星作為嚮導。

「別擔心，」托布說：「等著看吧。」

我沒等多久就看到了。露卡別那森林不過在四分之一里格外。令我驚訝的是，有光芒，紫羅蘭色和金色的光芒開始在地平線上閃爍，有如五彩繽紛的星星。

我們騎得更近後，我聽到微風中傳來音樂。沒有字句，只有音樂，聲音像是大提琴的低音域弦響。

我們騎進千年大樹之間，每棵樹都很高聳，不過完全沒有噶基叩那片悲慘森林的陰鬱。樹木間距很開，保有充足的空地。剛才看到的光更近了，在我們頭上的樹枝間跳來跳去，看起來像大松鼠。起先我以為是會動的燈，不過很快就發現那些光線就是瑞格勒本身。這些多刺的小生物會散發出柔和的光芒。

「牠們會發光！」我呼喊。

「當然會囉，」托布說：「不然會為什麼叫瑞格勒？」

托布的話根本沒有道理，但我不在乎。歷經了噶基叩森林的陰穢，又在高地上的冷空氣中騎了一大段路，來到這的感覺就像回家。我不只覺得安全，還感到受歡迎。我腦海中彷彿可以聽到甜美的嗓音，瑞格勒沒有發出字句，卻可以理解——而且最重要的是，牠很和善。

「這地方感覺很歡迎我們。」我邊說邊看著瑞格勒在樹之間移動。

「當然囉，」托布笑了，「妳沒聽到牠們的問候嗎？」

「托布，你的聽力比我靈敏，不過我沒聽到任何歡迎的字句。」

「妳不會聽到的。瑞格勒不使用語言。妳聽到的音樂不是……來，妳試一下。遮住妳的耳朵。」

我照做，幾秒鐘後就懂了。「我還是聽得到音樂！」

「對，」托布開心的說：「瑞格勒發出的聲音不是給耳朵聽的，而是讓妳的內心、妳的心靈聽到。」

「太棒了！我好想更仔細的看看某個瑞格勒。」

「真的嗎？」托布說：「轉過身去。」

有了，那生物自在的站在哈沃克的屁股上，身高是托布的一半，散發出帶紫羅蘭色的柔和黃光。

「啊！」我驚呼。

我聽到音樂了，或者說，有聽到音樂的感覺。儘管不帶語言，我還是明白牠的意思。

讓我們和平相處吧，朋友。

我仔細盯著這小生物看。牠嬌小的身體並沒有覆蓋毛皮或羽毛，而是長著尖刺，長度大約是人類手指的一半。瑞格勒的腳粗短、手細長，那對大眼睛和渥比有幾分相像。牠的頭頂長著一根肉莖，末端是第三顆眼珠。

「你好啊，我的瑞格勒朋友。」托布說：「我是波西卜渥比托布。這是我朋友，玳恩碧克斯。」

我不知道該怎麼向這小生物打招呼，但還是伸出了手。

「不！」托布激動的說：「抱歉，碧克斯，我不是要嚇妳，不過瑞格勒天不怕地不怕又親切是有原因的。是這樣的，牠們的皮膚，尤其是尖刺的部分，對所有生物而言都有毒——唯一的例外是渥比。只有腳底是安全的，可以碰。瑞格勒是有充分的理由可以不怕任何人啊。」

我們騎馬繼續深入樹林，神祕、非語言，但不知怎麼的就是聽得懂的音樂牽引我們前進，好像在說：往這裡走。

時間一分一分過去，發光的瑞格勒也愈來愈多，妝點著樹木。當中有許多坐在高處的樹枝上，那裡有個織物做成的神奇平台，我看了聯想到堅固的魚網。

地面上也有瑞格勒，盡可能靠自己的短腿跟著我們走。有些抓著藤蔓，然後被迅速拉上樹枝之中。有些從樹幹滑下來，靠近看，向我們打招呼。

輕鬆的前進半小時後，我們來到樹木茂盛之中，上頭擠滿可愛的生物，放出的光芒使牠們顯得像難以捉摸的小小太陽。

「我認為這是牠們所謂的心樹，」托布說：「對所有瑞格勒而言，是中心地帶。」

「牠們有國王或女王嗎？」我問。

「瑞格勒？」托布對我的問題吃了一驚，「不，當然沒有。牠們自己管自己。」

「可是那要怎麼辦到？誰決定牠們該做什麼？」

托布聳聳肩。「自己決定。所有瑞格勒都是平等的。如果有牽扯到整個物種的事情要決定，牠們就會彼此溝通，唱出不同的歌，直到浮現某個旋律，可以讓所有瑞格勒都跟著合唱。當然囉，整個過程都沒有聲音。」

「當然囉。」我說，彷彿這很明顯。

「我猜牠們希望我們停在這裡。」托布說。

我後仰，盯著上方那棵發光的樹。數百對眼睛俯瞰著我們，另外還有數百根眼睛往四面八方延伸。

「你們好。」我說。

「妳好。」瑞格勒唱道。

「我們今晚可以在這裡紮營嗎？」托布問。

當然！牠們回答。請留下！

非常單純的表態，但在經歷先前那一切之後，顯得無比親切，讓我眼眶都溼了。

18 意外的和善

在暴虐的莫達諾統治範圍逐漸擴大的土地上，瑞格勒愉快的好客態度令我萬分在意掛在我身體的劍，想到就彆扭。我卸下劍，然後靠著樹幹放下劍鞘和盾牌。

「我們可以生個小營火嗎？」我問。

牠們顯然考慮了一下。我的腦海，而不是耳朵，聽到十幾種旋律。就像托布說的，幾秒鐘後，只剩少數幾種旋律還在，接著，像是有誰下達什麼指示，頓時只剩一種音調了。*你們可以生火，但務必要小心。*

有十幾個瑞格勒遵照牠們自己的建議，拿著小鏟子從藤蔓上滑下來，以優異的速度和效率挖了一個淺坑。黑暗中冒出更多瑞格勒，牠們帶著石頭，沿坑周圍排成一個圓。樹頂降下的枯枝，像溪流般灌注到洞裡。「牠們提供了引火柴，」托布說：「但牠們自己沒有火。」

我們卸下哈沃克身上的行李，將牠繫到一旁樹上。一看到這畫面，更多瑞格勒又下來了，帶來剛割好的稻草，以及一桶水。

我知道哈沃克只是一隻馬，但我發誓，當牠目睹瑞格勒的慷慨款待時，真的轉過頭來震驚的看了我一眼。我們，包括哈沃克在內，一直以來都認為世界只會帶給我們威脅和危險，不是嗎？那是怎麼變成一種常態的？和善怎麼會反而顯得奇怪？

托布挖出火絨盒，我接過打火石和鐵塊，敲出火花。我將小火點燃後，托布將小小的引火柴排成金字塔。火焰穩定了，而我說：「嗯，很棒，托布，但我們需要更大的樹枝才能真正……」

我安靜了下來。樹林中冒出三、四組瑞格勒，分別拖著對牠們來說肯定很巨大——但對我們而言尺寸剛剛好的樹枝，加到火堆中。

火焰旺盛燃燒，托布和我開始準備簡單的一餐。就在我考慮要去拿水袋時，我低頭一看，發現有六個杯子在我旁邊地面上排成一排。

「牠們是完美的東道主！」我說。

「只要與牠們和平相處，就是這樣。」托布邊說邊攪拌鍋子，「如果妳要砍樹？啊呀，妳就會身陷瑞格勒冰雹之中。妳會被毒針刺穿，痛苦的死去。」

我倒抽一口氣。「啊。那我們最好守規矩一點。」

我們吃飽飯，用營火暖和腳趾之後，一隻瑞格勒來到了我們身邊，牠的光芒像是燦爛的夕陽。牠用歌曲問我們：能不能透露，我們為什麼要穿過露卡別那森林？

「是小姐派我們來的。」我回答：「我們要去請求渥比協助，阻止一場可怕的戰爭。」

妳說的是哪位小姐？

「她麾下有數千大軍，打算阻止兩國軍隊毀滅家園和農田。還有樹木……」我匆忙補了一句。「我們不希望有更多樹木死亡。」

樹木是我們的母親。

「你說得對。」我贊同。我感覺自己像個瘋子，正在進行「只有我單方面說話」的對話。

我們呼吸的空氣來自樹木。

那似乎是個古怪的看法。樹木製造空氣？不過我猜，大家都可以相信自己想相信的事，這是每個人的自由。

「我的同伴，也就是玳恩，經常在樹林裡築巢。」我說。

瑞格勒似乎很喜歡我的說法，不過牠接著問：妳為什麼要帶著一把劍和一面盾牌？

我微笑，「因為我身上沒有刺啊，我的朋友。」

我得到的回應是一首沉默的歌，不知怎麼，我知道那是一陣大笑。得知瑞格勒有幽默感，我鬆了一口氣。

天一亮，我們就幫忙帶路。

「托布，我想啊，牠們剛剛是用最禮貌的方式告訴我們，早上就該走了。」

「確實。」托布點頭表示同意，「非常禮貌又恰當的表達方法。」

發光的發言人被藤蔓抬回樹頂了。托布和我鋪好鋪蓋後，我感覺自己非常安全，因為我知道至少今晚，我們不會面臨威脅。我有多久沒這種感覺了？久到我已經不記得了。

溫暖，吃得飽飽的，又有思考的時間，躺著的我於是掛念起朋友。我關心他們所有人，不過最讓我擔心的就是卡拉了。她年輕的肩膀上扛著多麼巨大的責任重擔啊。

不久後，我陷入沉睡，夢到戰爭、濺血和死亡，夢到寬容、原諒以及和平。我夢到我從前的家人，我再也見不到的同類，然後夢到現在的家人，我迫不及待要再次見面的夥伴。

隔天早上睜開眼睛，我驚訝的發現上方的樹上有好幾百隻瑞格勒。現在是白天，因此牠們不再發光，但還是身上帶著一丁點金色和紫羅蘭色。我旁邊的托布才剛醒來。

托布對我眨眨眼。「妳有沒有聽到他們在唱什麼？」

我皺眉。我有沒有……有，我聽到了，但那內容似乎有點荒謬。「牠們是說，牠們也許能協助我們阻止戰爭嗎？」

托布點點頭。

「但我們從來沒請求牠們呀。再說，牠們能幫什麼呢？」

「我們不需要開口請求。牠們聽到我們的夢了。」

「牠們……你剛剛說什麼？」那是個令人驚恐的概念。大多數時候，我醒來後根本不會記得自己的夢。這些刺刺的小生物不只看到了夢，還可以討論它？

「我沒告訴過妳嗎？真抱歉，我真是太粗心了。沒錯，瑞格勒最有趣的特質之一，就是牠們聽得見想法。事實上，牠們根本聽不到聲音本身，只聽得到妳內心的音樂。」

我揉揉眼睛。「我不知道也許比較好。」

我抬頭看著樹頂。我不知道要怎麼傳送念頭給牠們，於是我直接說：「朋友們，你們想要怎麼幫忙呢？」

牠們給的答案依舊不是採取語言的形式，情感豐富，是在我腦海中展開的一個個畫面。

我倒抽一口氣，抓住托布的手。

「托布。」我低聲說。

「怎麼啦？碧克斯？」

「我認為這件事可能很重要。」

「非常重要。」

「我們得說服你的渥比同胞，而薩比托和史提姆堡得說服拉提頓。不過要是成功了……」

我無法想到最後，這其中洋溢著太多希望。要說我學過什麼教訓，那就是「只有希望並不夠」。

然而，當我們打包行李、幫哈沃克上馬鞍時，我的腦海中還是只有音樂。無旋律、無聲的音樂，不知怎麼的化為一個想法：還有希望。

19 渥比的團圓

告別瑞格勒後，我們打算騎三天的路程到波西卜。不過初雪開始下了，起先是細雪，接著就變成了沉甸甸的雪花。結果第二天的大多數時間，我們都在一間廢棄的單坡頂小屋中避雪。

那簡陋的小屋原本一定屬於某個牧羊人，因為我們在裡頭找到生銹的羊毛剪，以及一疊裝羊毛到市集用的麻布袋。我們在一座小丘陵上頭，離水邊不遠。最令我們開心的是，我們找到了一個小棚子，裡頭仍堆著柴火和引火柴。我們在構造簡單的壁爐內生了小火，看著六、七種不同鳥類沿著岩岸涉水，老鷹則在上空盤旋，用銳利的眼睛物色淺水中的美味鮮魚。

托布離故鄉很近，顯然很興奮。他花了好幾個小時的時間，細訴他向爸爸和叔伯學補魚的過程，還說了兄弟姊妹的故事來娛樂我。他為什麼能說個不停，我就不懂了。

看到我親愛的朋友充滿期待是很棒，但老實說，我聽著他說話時感到一絲悲傷，甚

至嫉妒。我知道這樣是不對的，我痛罵自己太小心眼、太自私了。他有家人，有家、有村子可回。但我沒有。

托布一定察覺到我的心情了，因為那天晚上他說：「碧克斯，真希望妳也可以。要是妳也能回家就好了。」

「謝謝你，我的朋友。」我打住，聽風吹雪掠過屋頂。「但我一直試著提醒自己，至少我還活著。不像……其他家人。」我的手伸向他的獸掌。「而且說真的，托布，我很為你開心啊。」

我們窩在一塊，睡著了。這有助於我們保暖。不過我知道，至少對我而言，托布在我耳邊穩定打呼總能帶來很大的安慰。

隔天早上，我們推開小屋的門，發現到處都鋪著大片大片的閃亮白雪。雪深到我的腰部，到托布的頭部。我們決定繼續前進，而哈沃克還應付得來。不過到了下午，烏雲密布，這次的雪不是下好玩的了。整夜未停，而我們好想念那個小屋。我們在低矮的樹枝上鋪毯子充當屋頂，然後整晚發抖，迎來昏暗的早晨。

「太多雪了，哈沃克應付不來的。」我說：「我們可能會困在這裡好幾天，直到融雪，但如果天氣一直很冷，可能得待到下一個春天。」

「希望不會那樣！」托布大喊：「不然我們會餓死，或凍死，或挨餓後凍死。我們被困在這裡！卡在這了！」

他在我們「帳篷」下方的窄小泥地上來回踱步。

「我不能讓卡拉失望。」我低聲說：「她正在期待我們招募你的族人啊。」

「只差一點點就到了。」托布喊道：「真不公平！」

「你看！有船。」我旁邊指，只是想讓托布分心，以免他愈來愈恐慌。

「船？」他吃驚的問道。他的手放到眼睛上緣遮光，然後望向大海。「那是漁船。吃水很深，所以肯定抓了不少魚。船很快就會返回港口了。他們可以帶我們走，但也要他們知道我們很想上船才行。」

「可惜他們聽不見我們。」我思考著，「我們可以瘋狂揮手。」我嘆了一口氣，接著我想到了。「托布，你是不是從小屋裡裝了一些引火柴出來？」

他立刻明白我的意思，掏出木棍和草，而我開始摩擦鐵和打火石。試了好幾次，不過最後總算生起火來了。

撐不了多久的小火。

托布轉頭仰望火堆中生起的煙霧。「要製造更多煙。」他說：「火太小了，但船也許會注意到煙。再蒐集一些雪中的溼草！」

我們一起趴到地上，將凍僵的手伸進雪中，拔出一把又一把溼草。結果有效，小火燃燒溼草，製造出令人滿意的煙柱。

為了增加被注意到的機會，我們分別拿起一根燃燒中的引火柴，在空中揮舞。

「他們會看見煙的，如果夠用力瞇眼，還看得到我們。」托布說：「他們是漁夫，對四周的警覺性很高。」

那艘小船花了一小時駛近，但停在四分之一里格外就不動了。幸好派出了划艇，而且還不是隨便一艘呢。

「那是我的兄弟！」托布大叫：「喂——皮朵孔！喂——荷果！」

皮朵孔和荷果跳進浪中，將小艇拖上潮溼的沙岸，然後跑上積雪的堤防，朝托布而來。兩隻渥比都比托布高一點，不過跟他一樣有大耳朵、長長的鬍鬚和小肚腩。

他們三個抱在一塊，同時流淚、大笑、喊叫。看到托布興高采烈的微笑，我的內心澎湃極了。

「等等！」最高大的哥哥大叫，指著托布那小心翼翼編成辮子、以皮繩綁起的三條尾巴。「你……什麼……怎麼會？」他震驚到說不出話來，指著自己未編辮的尾巴。

另一個哥哥的尾巴也沒有編成辮子，他講話更直接：「誰准你編成辮子？為什麼？」

我難以置信。渥比所謂的「史提比禮」編尾典禮是很重要的成年禮，不過托布的哥哥已經好幾月沒見到他了，搞不好深信他已經死了。結果他們在意的竟然是他的辮子？

托布挺起胸膛，「因為我英勇的行動。」

「勇敢又無私的行動。」我補充。

「至於誰給我許可的嘛，」托布接著說：「嗯，是聶達拉小姐本人，和平軍的領袖。」

他的兩個哥哥說不出話，嘴巴大張。他們轉頭看我，向我確認。

「是的，」我說：「你們的弟弟托布現在是號人物了。事實上，我們是受小姐之託來到這裡。」

吹捧我忠實的朋友，令我自己非常開心，但那比不上托布本人的喜悅。我敢發誓，他在我面前直接長高了一吋。

「皮朵果、荷果，讓我向你們介紹，這是我親愛的朋友，玳恩碧克斯。」

荷果，身高較高的那位哥哥向我鞠躬，另一個哥哥也照做了。「玳恩，」皮朵果發出讚嘆。「真不得了。」

「你認識聶達拉小姐？」荷果問：「你見過她本人？」

托布歪了歪頭。「事實上，我是她忠實的僕人，也是朋友。」

「我們以為你……呃，」皮朵果說：「已經離開這世界了。」

「差點就像你說的那樣了。」我拍拍托布的背。「不過我相信你們也知道，你們這個弟弟在必要時會化身為勇猛的戰士。」

兩個哥哥緊張的點了點頭。托布根本開心到飛上天了，他超享受這一刻。

「哥哥，希望你們能幫個忙。」他說：「你們剛剛也聽到了，我們正在進行一項非常重要、攸關生死的任務。請立刻帶我們到波西卜！」

托布顯然很滿意自己剛獲得的權威感，但身為渥比，他還是不得不加了一句：「如果不會為你們造成太多麻煩的話。」

20 入內

那天晚上，風整晚吹著，於是我們瑟縮在一塊。托布和他哥哥幾乎同步打呼，對我疲倦的耳朵而言是療癒的聲響。到了早上，我們登上划艇，回到外海的漁船上。對哈沃克而言，這是擁擠又不安寧（雖然短暫）的一趟旅程，不過牠已經愈來愈習慣旅程中的不安穩了。牠自在的爬上一段坡道，接著外海的微風很快就盈滿船帆，我們輕快上路了。

陸地從我們旁邊掠過，上頭大多是休業中的牧場，披著雪毯的樹木零星散布。看起來像是沉靜、舒適的鄉村地帶。至少一部分維持著沉靜、舒適吧，因為瑞格勒封住了通往此地的大部分陸路。

托布試著向我描述渥比村莊的模樣，不過當我們轉向西北，他住的小鎮映入眼簾時，我發現他說得一點也不精準。這地方根本像是從小朋友的夢裡冒出來的。

渥比大多住在地下，因此我知道他們村莊中有廣闊的隧道網交錯其中。我並不知道

的是，渥比也會在地面上建造圓錐形的小屋。大多數圓錐的中央都長著一棵樹，有的是細細的樺樹樹苗，有的是巨大的橡樹。樹愈大，圓錐形小屋蓋得愈高。有的隨便算都有我身高的六倍。

每個小屋都會漆上亮麗的顏色，共六種——紫色、金色、藍綠色、春芽綠、粉紅色，或海洋藍。波西卜沿著一個小坡往上延伸，小屋顏色排列出圖案——紫色條紋、金色圓圈、粉紅色閃電鋸齒。每一個顏色都很顯著，占據著特定區域，有點像城市裡的街坊。

「好可愛啊！」我高呼：「你說渥比會建造隧道的時候，從來沒提過還有這部分。」

托布皺眉。「我沒有嗎？妳該不會以為我們像鼴鼠或兔子那樣過活吧？如果不蓋個小屋為入口遮雨擋雪，就不可能保有像樣的隧道啊。」

「也是。但那些樹呢？」

「呃，碧克斯，我們不想要雨水灌進來，但我們需要水。所以囉，下雨的時候……先提醒妳，波西卜很常下雨，這種時候，水流會沿著樹皮往下流，然後在地下池塘匯集，再注入飲用水道和洗滌用水道。天啊，我們可不想住在沒有自來水的隧道裡。」

「我想也是。」我表達贊同，雖然我幾乎沒聽誰提過自來水，就算在大都市或莫達諾宮殿內也一樣。「那些漂亮的顏色呢？」

「喔，那個啊。每個家族都有自己的顏色，六個家族就有六個顏色。」

「一個家族內有幾隻渥比？」

他聳聳肩。「我有五百個直系親屬，姻親或領養帶來的親戚有一千多個。我們是小家族，那藍綠色正是代表我們。粉紅色的家族有一萬個成員，紫色是兩萬。全部加起來，波西卜的渥比數量是六萬一千。至少我還在這裡的時候是這個數字。」

我們的船得先通過波西卜，轉向正北然後往東航行，才能繞到村莊的北側。港口塞滿渥比的船，各種形狀大小都有，有的放下錨，有的被拖到小小的沙灘上。

我們在一道又長又低矮的碼頭靠岸，船幾乎沒顛簸。「有一群渥比在等我們。」我說。

「當然會有囉，沒有渥比來迎接就太失禮了。」

「應該是吧。」

「來吧，碧克斯，我帶妳去現一現。」托布說：「我是說，看一看。」

他帶著我走過一段短短的梯板，上碼頭。重新踏上乾燥的土地讓我鬆了一口氣，因為我一直有點暈船。不過下船後感覺也怪怪的。首先，我在人類村落雖然顯得又小又微不足道，但在波西卜，我巨大極了。幼小的渥比不比玳恩崽子大多少，他們害羞的碰了碰我的毛。

「呃，你們好。」我說。那些小渥比咯咯笑了。其中一隻丟了蘆葦編成的小球給我，而我扔回去給他。

一隻較年長的渥比跑上前，趕走他，「不要煩我們的貴賓！」

我正想說我一點也不覺得煩（事實上，那小渥比讓我想起自己有多久沒那樣玩鬧了），結果被托布歡喜的呼喚打斷。他被兩隻年長的渥比緊抱著，一男一女，都在啜泣。

「我的孩子，」一個女子呼喚著，灰色尖耳跟著顫抖，「我的壞壞小托布。」她用閃爍的淚眼瞄向我，「這傢伙還是小鬼頭的時候，脾氣可壞了。」

「他現在還是一樣。」我笑著說。

托布好不容易從他們的獸掌中掙脫。「嘛、巴，」他說：「我來向你們介紹，這是我在這世界上最好的朋友，玳恩碧克斯。我是說，碧克斯大使。」他咧嘴笑，「碧克斯，這是我爸媽，奧利溫克和羅瑟格朵。」

「不過妳一定要叫我們嘛和巴！」奧利溫克大聲說，接著我立刻被托布的爸媽擁入懷中。

我擦去眼淚。上次被自己的爸媽擁抱已經是好久以前的事了。我已忘記被擁抱的感覺有多麼溫暖和甜蜜了。

「你的尾巴，兒子啊！」奧利溫克指著托布的辮尾驚呼。

「我有很多故事要告訴你們。」托布說：「不過首先，我有任務。」他向我點了一下頭。「碧克斯大使，」他突然用僵硬的正式語氣說話：「我要帶妳去畢勒拉卡。」

「什麼地方？」

「畢勒拉卡，是我們的，呃……」托布的臉縮成一團，試圖想出正確的字眼，「你應該知道莫達諾、卡薩、首長、長老這些東西是怎麼冒出來的吧？」他揮了一下手，「就是那些做決定的大人物。」

「我懂了。」我不太確定的說。

「我們的畢勒拉卡有六個長老。」奧利溫克說：「最新上任的一位不是別人，就是你的嘛呀，托布！」

「嘛！我好以妳為榮！」托布大喊，而她聽到托布的讚美，眉開眼笑。

「她壓倒性的獲勝，」奧利溫克補充，並向托布使了個眼色。「看來這陣子我有兩個親人變得很有影響力呢。」

我夾在奧利溫克和羅瑟格朵之間，跟著托布前進，他相當神氣的走在群眾之中。我們來到了一棟較大的圓錐狀建築物前面，環繞著一棵枝幹很粗的常綠樹，門很低矮，剛好夠渥比直挺挺的走進去，但我得趴下鑽過。

進去之後，我發現圓錐遮蓋著一個洞。樹木長在中央，不過四周有空間。地洞側面鑿出蜿蜒的樓梯，不過梯級對我的大腳而言小得可怕。

「來吧，有其他路。」托布看我差點跌坐到自己的尾巴上，於是扯開嗓門，「垂降線！給碧克斯大使垂降線！」

彷彿有誰施了法似的，樹幹之間有條藤蔓旋繞而下。我向托布使了個眼色說：「我有其他辦法。」

那洞穴大概有三十英尺深，樹幹位於中央。對我來說空間足夠。我張開手臂，伸展格利膜，神色自若的往前墜，然後繞著樹木滑翔，乘著抬住我的溫暖氣流緩慢下降。

這麼做或許很傻氣，但也很好玩。我幾乎快忘記「好玩」是什麼感覺了。我四肢著地降落，站起身，結果發現自己踩在某種沿大樹搭起的半圓型平台上。我在一個地底露天劇場內。

尷尬的是，我四周至少有一百隻渥比耐心的站著等候，還有幾隻坐在前方的木凳上。整群人似乎都在等我來，但我相當確定，他們沒料到我會滑翔登場。我猜這是相當幼稚的花招，不是身為一位大使該採取的到場方式。

托布從一條藤蔓上滑下來，降落在我身邊。「嗯，我真是沒料到妳那招。」他低聲說。

「抱歉，我只是……」但我想不到好的解釋。我只是希望暫時不去思考生與死、戰爭與和平，哪怕只有一分鐘那麼短。我不想當碧克斯大使，我只想當我自己。

但當然了，那是不可能的。我們有任務。

21 真話與謊言

托布舉起獸掌，群眾立刻安靜了下來。

「畢勒拉卡的成員們，」他開口，並在羅瑟格朵與其他五位元老就座時點了個頭。「我的家人，來自所有渥比家族的同伴，歡迎各位。我要向各位介紹聶達拉小姐的大使，玳恩碧克斯。」

剛才有少數看到我古怪的進場方式也沒吃驚的渥比，我猜，在這時絕對會被托布的最後一句話嚇到了──玳恩。

「玳恩？」有渥比倒抽一口氣，立刻補了一句：「我為我一時衝動的反應道歉。」

「沒有玳恩了！」某渥比大喊：「官方宣布他們絕種了。當然了，我這麼說並不是想冒犯你。」

一隻毛色灰白的畢勒拉卡成員拿楞杖指著我，「測試看看吧！如果這麼做不至於太不合理的話。」

沒想到這極為重要的會議，以這種方式開場。

「兄弟姊妹們，」托布請求，「給小姐的大使一點尊重吧。」

更多渥比分別從三條隧道中走了出來，還有一些沿著藤蔓往下滑，或輕快踩著樓梯到來。小渥比坐在爸媽肩膀上。似乎所有空間都擠滿了好奇的渥比。空氣溫暖而潮溼，我覺得有點頭昏眼花。

「一下說到小姐，一下說到玳恩的，」一隻渥比以充滿懷疑的語氣說：「如果這位據稱是玳恩的大使不覺得太過冒犯的話，我們需要證明。」

我受到渥比的質問，儘管如此有禮貌，質問就是質問。

我立刻提醒自己有工作要做，而且是重要的任務。請求這些渥比伸出援手前，我得先贏得他們的信任。

我舉起一隻手。「我完全不覺得被冒犯。你們當然有權利要求我。我能提供什麼證明呢？」

說話最大聲的渥比在前方形成了一個小團體。「辨別真話和謊話！」其中一個發出呼喊。

「當然囉，」我點點頭，盡全力表現出講理又成熟的樣子。「也許你們可以給我一些測驗，我來回覆那是真話還是謊話。」

觀眾顯然贊同這做法，不少渥比有禮的鼓掌。

「我叫哈菲博。」一隻矮胖的渥比說。

「你好啊，哈菲博。」我說：「希望這麼說不會冒犯——但那不是你的名字。」

我的答覆迎來一波欣喜的笑聲。我耍了一招，而觀眾喜歡。

「哈菲博」向我鞠躬並說：「妳說得對，我叫維提格，很高興見到妳。」

「我也是，我的渥比朋友。」我鞠躬回禮。

「我叫茉妲朵，」一隻渥比女孩說：「我今天早上擠了六隻雪普雷的奶，總共四加侖。」

「很抱歉得糾正妳，我的渥比朋友。妳沒有六隻雪普雷，蒐集到的奶也沒有四加侖。」

茉妲朵歪了歪頭，「那是幾加侖呢？」

「我無法提供。我只能判斷妳說的話是真是假，或者更準確的說，我只能指認出妳心中認定的真假。」

我在莫達諾面前做過一樣的事，那次真是膽顫心驚。而此刻我的感覺介於有趣和緊張之間。畢竟我有任務在身，不是來娛樂波西卜的群眾。

「我叫迪格長老，我會說五件事。」發聲的是一名畢勒拉卡成員，他的年紀看起來好老好老，耳朵低垂，綠色眼珠混濁。「如果妳正確分辨五個真偽，就等於證明了自己是玳恩。」

「我洗耳恭聽，迪格長老。」

「一，我兩百零九歲。」

「二，我有三百二十九個孫子。」

「那麼，我應該要說聲恭喜，因為這是真話，而且令人佩服。」

「三，我喜歡蜂蜜酒勝過葡萄酒。」

這激起了笑聲，多少洩漏了答案，但我還是繼續配合。「我的朋友迪格，我認為那不符事實。」

「四，」他不為所動，「我曾經釣起比我大三倍的魚。」

「天啊，」我說：「你一定吃了好幾個禮拜。」

「呃，我們不得不醃起大部分的肉。加鹽風乾。不過鮮肉的部分……」他打住，發現自己離題了。「第五個，也是最後一個。」

「我準備好了。」我說。

「五，二十年前，我害死了六個家人，因為我心不在焉，誤判天候，下場就是在暴風雨中翻船。」

我不需要玳恩的力量就知道他真的是這麼想的。他的聲音在顫抖。這個故事想必他說過好幾次了，那次事件後，罪惡感就籠罩了他一輩子。

這一刻很令人不安。忘了我正試圖證明自己是玳恩。而是看出了這隻渥比的罪惡感，跟我的好相像。

我跳下低矮的平台，走向他，牽起他的手。「我的朋友，我知道你是這麼認定的。我懂，因為我的內心也背負著可怕的罪惡感。我所有家人、所有族人都死了。當時我跑出去玩了。當莫達諾的士兵屠殺我心愛的玳恩幫時，我並不在那裡。」

他的大眼睛淚汪汪，我也是。這幾秒很漫長，彷彿只有我們兩個在場，一隻老渥比和一隻年輕的玳恩，因罪惡感凝聚起來。

我抬頭，看到這空間裡的每一隻渥比都看著我們。沒人出聲。

「不過，迪格長老，我同時從你的眼中看出，你的渥比同伴並不責怪你。我不需要玳恩的特殊力量也能感受到這些渥比萬分尊敬你、喜愛你。所以我要說：你說出了你相信的真相，但你所說的並不是真相。」

迪格長老露出惆悵的微笑。「而妳呢，我的玳恩朋友——妳肯定是隻玳恩，妳也一樣嗎？無論別人怎麼說，妳還是懷抱罪惡感？」

我與他對看。任何語言都無法表達我此刻的感受，我只能點點頭。

「唉呀。」迪格長老說，並拍拍我的背，望向托布。「托布，你的旅伴很棒。」

「確實很棒。」托布驕傲的說。

接著，迪格長老打發大多數群眾。「好啦，你們的娛樂時間夠長了，回去工作！現在沒網可補嗎？沒船可擦嗎？」

大家乖乖聽話，排隊離開，雖然有許多渥比很想留下來。最後，托布發現我們和六長老站在一塊——迪格、雪夫頓、斯伍波、古爾巴柏、提利穆，以及羅瑟格朵。

年邁的女長老斯伍波帶著我們穿過一條狹窄的隧道，來到附屬的小房間。它迷人，繽紛，但很小。

「請，」斯伍波長老說：「請坐。我們有許多事要談呢。」

我們八個坐了下來。我和托布將訴說自己的故事，他們將聆聽我方的請求。也許我們會決定世界的命運——只是也許。

22 壞消息

那天晚上，渥比讓我們住在貴賓用的可愛小屋。我的床是一個懸空的加墊平台，吊起床的藍色藤蔓開著一些形狀像蝴蝶的小白花，味道很香。附近火爐中有劈啪作響的火焰，代表我可以一再翻身，愉快的烘熱自己。雖然我們的吊床在地底，上方高處的寬敞開口還是向我們展示著一圈銀色星斗。

我累壞了。我們與長老談了好幾個小時，中間吃了美味的兩餐，還喝了餐後酒。之後，托布堅持要將我介紹給他的親戚，許許多多的親人。真的很多。

我以為自己倒上床就會立刻睡著，不過天空實在太清朗了，星星好亮，我清醒的躺在那看了好幾個小時。隔天早上，我總算陷入睡眠時，激動的尖叫聲吵醒了我，像是來自四面八方。

「緊急狀況！緊急狀況！渥比起床！緊急狀況！」

我跌跌撞撞的下了吊床。托布已經醒了，而且在發抖。

「怎麼啦？」我問。

「我們被攻擊！」

「什麼？誰？誰在攻擊我們？」

他指著天空。在那方向，有隻生物飄在清晨的空氣中，是拉提頓。

「等等，」我抓住托布的手，「那不是之前和洛利德碎頭者在一起的老鷹嗎？」

洛利德碎頭者住在遙遠東南方的棲地，是一隻可怕的老鳥，但在我們剛踏上旅程時提供了幫助。我才知道他其實公正又真誠。事實上，派史提姆堡來參加軍事會議的就是他。

「應該沒錯。」托布說。

「我們得到地面上去。」我說。

「爬藤蔓還是走樓梯？」托布說：「妳選吧。或者，我可以叫其他夥伴拉妳上去。」

「樓梯。」我說。我的大腳不斷踉蹌，帶著我緩慢爬上狹窄的樓梯。托布跟在我後面。

一走出小屋，一大幫渥比便跑過我們身邊，像潮水一樣湧來。我看得出他們為拉提頓騷動做了多麼充分的準備。兩百名弓箭手，箭在弦上，等候命令。

「拜託！請不要攻擊！」我大喊：「先緩緩。」

帶頭的渥比做了個手勢，弓箭手就放下了弓，讓我鬆了口氣。

「喂，上頭的！」我大喊：「你是不是從洛利德大人那裡來的？」

兜圈的老鷹用無情的黑黃雙色眼睛俯瞰著我。我完全明白渥比為何恐懼，拉提頓要捉走渥比體型的生物並非難事。

「正是，」拉提頓回答：「我是多瑟蘭，我來幫洛利德大人和聶達拉小姐傳話。」

老鷹盤旋下降，停在一台乾草推車上。他的鳥喙又尖又彎，翅膀有紅橘雙色，黑色尾巴閃閃發亮。

「我記得，你是洛利德碎頭者的守衛之一。」我說：「很高興再次見到你。」我差點試圖和他握「手」，不過抓住拉提頓的爪子就像握住刀刃一樣，沒人會想那麼做。

「得知妳還活著，我真是太開心了，碧克斯大使。」

「能活著的我真是很開心呢。」

我想他笑了。拉提頓的笑聲幾乎和斐利韋一樣令人坐立難安。

「我帶了壞消息給你們。」多瑟蘭說：「沃德的人馬已經登上佩立奇山脈了，他們打算在特拉曼完成隧道後，封住戴瑞蘭人的突圍行動。不過卡薩很聰明，他派了一隻規模小但強大的軍隊通過邊境山隘了。」

「所以戰爭已經開打了？」托布扭動著獸掌。

「還沒。」多瑟蘭說：「小姐希望我們可以延遲卡薩軍隊的推進速度，甚至在渥比的幫助下直接阻攔。妳們討論過了嗎？」

我皺眉。儘管昨天晚上討論了好幾個小時，渥比長老還是沒做出決定。他們似乎很欣賞托布的主意，覺得可以招募瑞格勒幫忙。不過他們還是不確定，究竟該不該執行這麼危險的任務。

迪格長老走進我們，警戒的盯著多瑟蘭，「有什麼消息嗎？」

「沒有好消息。」我說：「卡薩派了一支小軍隊穿越邊境隘口了。」

「小姐，」多瑟蘭說：「她希望渥比族人願意加入，迎頭痛擊戴瑞蘭人。」

「她真的那麼想嗎？」迪格長老說：「那麼，小姐會給我們什麼回報？」

他聽起幾乎像是在要求賄賂了。「你希望我們支付報酬，才願意一同阻止戰爭嗎？」

「你們希望我們派族人參戰。」迪格長老回答：「許多渥比可能會死在這場戰爭之中。」

那老鷹的眼神柔和下來了——至少是他無法更柔和的程度。「我無意失敬。」

迪格長老面向我。「我們什麼也不要，只要求擁有自己物種的議會代表。我們會說話、會建設，我們會耕田、會捕魚，卻一直是次等公民。渥比不是統治者物種之一，所以總是被排除在外。我們希望改變。」

「我沒有權限可以向您保證。」多瑟蘭說。

迪格長老點點頭。「那麼，讓我問妳吧，碧克斯大使，請妳以玳恩的名譽擔保。如果我們提供援助，等到一切都大功告成，小姐有權定奪時，妳會幫我們向小姐發聲嗎？」

「意思是，我會不會請求小姐將渥比列為統治者物種？」

「對，妳會不會盡妳所能，幫我們爭取呢？」

「我會用盡全力。」我說：「我和托布一起相處了好幾個月。如果他的族人，也就是渥比這一族，不值得受尊重，那麼世上就沒有物種值得了。」

迪格長老瞄了一眼他身後的一群渥比。沒人說話，但我看得出他們達成共識了。

迪格長老回頭來看我時，彷彿年輕了十歲，那張友善、長滿皺紋的渥比之臉突然變得勇猛而堅定。

「那麼，渥比要到哪裡集合？」迪格長老問：「沒有時間可以浪費了，這我們都同意。」

23 等待拉提頓

時間寶貴。

渥比花了半天的時間挑選戰士，我在這段期間內焦急到不行。他們花了剩下的半天做旅行的準備，我焦急到不行。又多花了兩天從波西卜折回最近的露卡別那森林外圍，我焦急到不行。

不過我們——六百零九隻渥比和一隻玳恩，終於紮好營後，我總算放鬆了一點。多瑟蘭總算準備好要出發去叫同伴來了。

「我會在早上回來。」多瑟蘭說：「要是我沒回來，你們可以視為我被殺了，或洛利德的大權被篡奪了。」

「再見，」我說：「動作要快啊。」

「我會飛出風向允許的最高速。」多瑟蘭發誓。「早上再尋找我的身影吧！」

話說完，他張開翅膀飛向天空，全身羽毛都染上西沉夕陽的鮭魚色光芒。

托布和一些長老出發去找瑞格勒了。被選進代表團的他自滿到不行，我都擔心他的毛要澎到爆開了。不過看托布這麼自豪仍然是很棒的一件事。

晚上我獨自過夜，但不覺得寂寞。坐在熊熊燃燒的營火旁，我聆聽渥比的歌、渥比的詩、名留青史的偉大渥比的故事。等到我總算準備走向鋪蓋時，我覺得自己簡直可以幫這物種書寫歷史了。

也許是因為聽了太多渥比的故事，那天晚上，我夢到了厄曼的紫杉——人類、拉提頓、斐利韋、奈泰特、特拉曼曾經聚集在此，一同尋找共存的方法。六大統治者物種在那裡達成協議，將世界分成好幾塊。過去，那協議一直都代表著明智又美好的一步。但真的是這樣嗎？他們依然沒想出讓所有物種共同生存的方式呀？結果特拉曼走自己的路，斐利韋也過自己的日子，而人類建立政府，政府最後產生暴政。

尤其是人類，他們似乎特別想要在世界上獨自過活。與其他物種隔離開來，這樣一來，要輕視其他物種、毀滅我的玳恩族人、圍攻斐利韋，甚至主宰整個世界，都會變得更容易。

不過在渥比看來，我們玳恩也並非無罪。我的祖先從未替渥比一族發聲。大家有記憶以來，渥比就一直遭到忽視——有時受到的待遇比忽視還糟。

那會有所改變嗎？我納悶。卡拉會盡她所能，但她的目標不是成為統治者。她只是想阻止戰爭，阻止物種的滅亡。正像我不怎麼想當大使，聶達拉小姐對於當女王或女帝也並不怎麼感興趣。

我隨著日出醒來，跳下床，緊張的在低垂的雲層中尋找拉提頓的身影。不過除了一隻海鷗以外，並沒有看到任何長翅膀的生物。

夜裡，我曾聽到托布回來時發出的聲響。他此刻在我附近的舖蓋上呻吟。

「拉提頓來了嗎？」他邊問邊打哈欠，伸懶腰。

「還沒，不過他們會來的。你們與瑞格勒的會議進行得如何？」

「結果非常好，我認為啦。」他咧嘴笑，「幾乎都是我在說話喔。」

「真的嗎？」

他聳聳肩。「對啊。長老也會發言，不過當然了，要談到外面更寬廣的世界的動向、各方勢力的運作時，呃，我懂得比較多。」

「天啊，」我逗他，「長老們一定很無知，才會聽你的話。」

「什麼？可是……喔，我懂了，妳在開我玩笑。」

「只是小玩笑，充滿愛的玩笑。」

托布笑了。「嗯，我們，妳和我，經歷了很漫長的旅程呢。那兩隻溺水的渥比和絕望的末體，已經離我們好遠了。」

「我有時候會覺得自己好像老了二十歲。」我承認。

「事情都結束之後，我們可以回去當托布和碧克斯就好。」

「可以嗎？」我問。

「當然可以！」

我點點頭，但我不知道托布說得對不對。我們真的回得去原本的自己嗎？當你的心中已充滿新的認知，而且某些還很令人心碎，這樣還回得去從前的自己嗎？

迪格長老和一些渥比同伴出現時，托布和我正在主營火旁啜飲熱茶。「早安啊，碧克斯大使和尊貴的托布。你們睡得好嗎？」

「睡得很好，謝謝您。」托布說：「要和我們一起喝杯茶嗎？」

「不用了，謝謝你，我們喝過了。」必要的寒暄結束後，迪格長老談起正事。「好啦，」他說：「我並沒有看到天空飛滿友善的拉提頓。」

「沒有，」我贊同，「還沒來。」

「也許他們已經做出結論了，認為遠離鬥爭比較安全。」

「也許吧，迪格長老，您的擔憂是合理的。」我試著讓語氣堅定起來。迪格長老必須認清，現在還不到絕望的時候。「不過我見過洛利德大人，我可以向您保證，他不是能夠輕易被嚇到或勸退的角色。」

這句話安撫了迪格長老一個小時，然後是兩個小時。不過隨著早晨時光緩慢流逝，連我也開始產生疑慮了。難道多瑟蘭被殺了嗎？

或是拉提頓決定不與我們並肩作戰了嗎？還是在背後做了什麼骯髒的交易嗎？

我們被背叛了嗎？

我好怕我的第二個任務會以失敗收場。怕自己一事無成。雖然我知道這麼說很荒謬，但我更害怕讓卡拉失望，戰爭還是其次。

我望向遼闊的渥比營地，那畫面並不怎麼鼓舞人心。有些臉轉向天空，尋找拉提頓的身影，還有些臉怒瞪著我。

我轉頭，迪格長老又走向我了。「碧克斯大使！」他嚴厲的說：「我並不想找妳麻煩，但我還是必須說——我們似乎都在浪費時間！」

「迪格長老，您也知道，現在局勢非常混亂，請允許我們再等幾個小時……」

托布抓住我的手，我便打住了。「怎麼啦？」我問。

托布就只是咧嘴笑著，手往前一指。一片怪烏雲正快速掠過天空。

營地內各處的渥比都開始指指點點，那是令人激動的場面。小朵雲愈長愈大，因為飛在高處的拉提頓從多雲的空中下降，與低空飛行的夥伴會合。出現了，數百隻接著數百隻的拉提頓——獵鷹、隼、杜瑞隼、魚鷹、貓頭鷹、能雀斯鷹和老鷹。

「迪格長老，我認為，」我鬆了一口氣，說：「我們的交通工具來了。」

我以為會看到多瑟蘭帶隊，結果打著頭陣，被六、七隻看起來極度兇狠的紫色獵鷹包夾的拉提頓，正是洛利德碎頭者本人。

我從沒看過他展翅飛在空中的模樣。他體型大得令人屏息，雙翼展開的長度是高個子人類的兩倍身長。他盤旋降落，停在一棵小樹上，重量壓彎了樹枝。托布、迪格和我衝到他面前。

「洛利德大人。」我說，並深深一鞠躬。

「玳恩碧克斯。」洛利德的嗓音又緊又沙啞。

「容我向您介紹，這是波西卜渥比的迪格長老。」

迪格長老敬禮了。洛利德並不是渥比的統治者，但他具備的某種威嚴，使鞠躬顯得像他最恰當的回應。

「迪格長老，」聽完一連串渥比問候、感謝與恭維後，洛利德說：「你的族人準備好了嗎？我們要直接飛向戰場，抵達目的地之前，就要深夜了。」

「波西卜的渥比準備好了。」迪格長老嚴肅的說。

我緩緩吐出了一口氣。完成了，我再次完成了卡拉交代的任務。

沒有誰歡呼，沒有誰說我們必將勝利。渥比跟我一樣，並不想上戰場。不過就像我對麥克辛說的，勇敢並不是內心沒有畏懼。

我們都很害怕。

我們只是不讓恐懼阻擋我們。

第三部　心

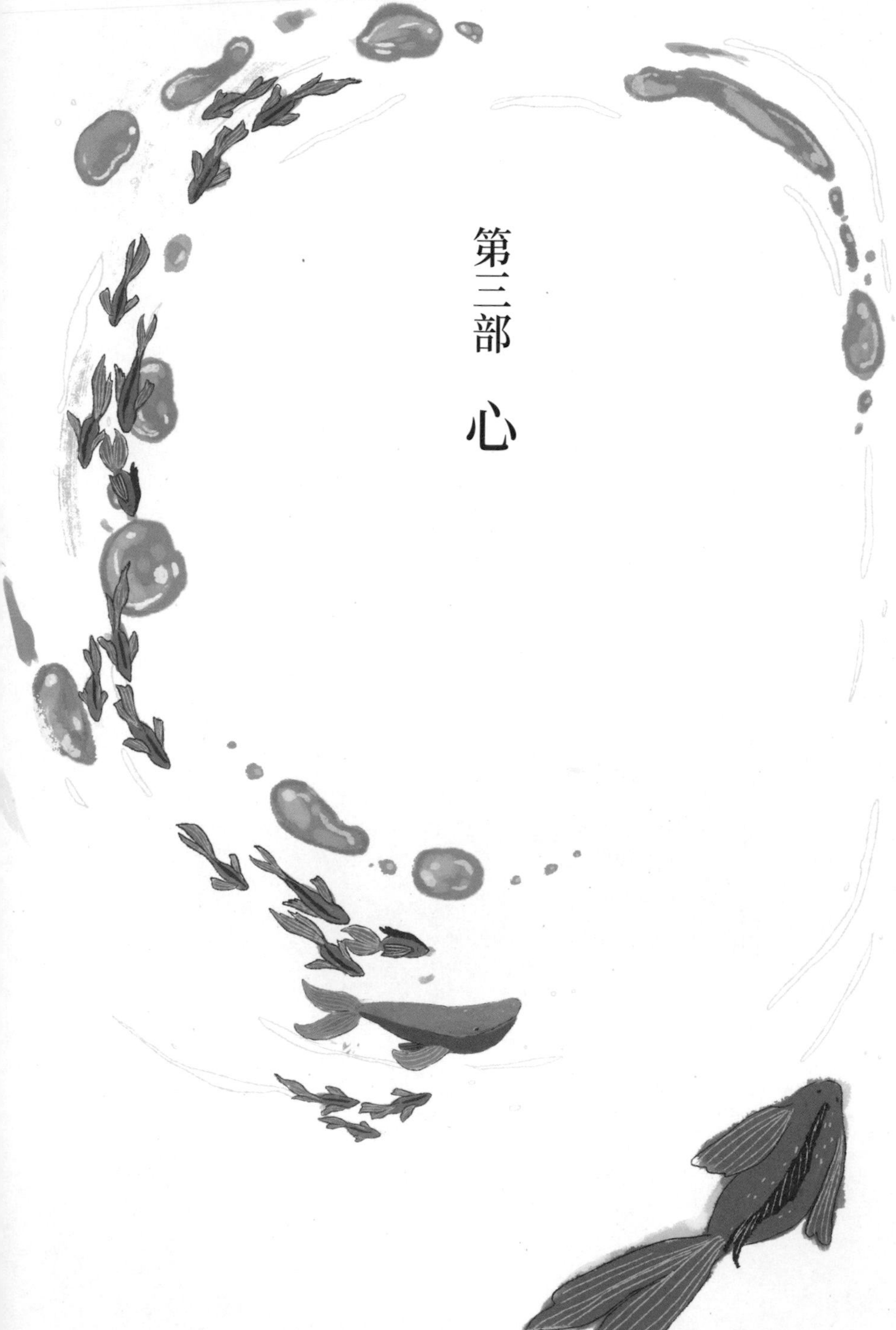

24 戰場上

我是玳恩，有格利膜，因此我也能夠在空中翱翔。你可說我是在滑翔，前提是——你要知道玳恩的滑翔基本上就是墜落，只是墜落得比大多數生物慢罷了。

不管怎麼說，我滑翔過。

還是崽子的我跟哥哥姊姊玩耍的時候，曾經滑翔過。

拯救溺水的托布時，我滑翔過。

差點撞上莫達諾的預言家阿拉克提克那次，我也滑翔了。

很久很久以前，我也許曾說過，用格利膜滑翔跟飛行差不多。

我也許說過，但我現在對飛行有更清楚的認識了。

我垂著身體，在洛利德力大無窮的鳥爪抓握下，與他一起穿越雲層。那才是真正的飛行。

那跟滑翔一點也不像。

起飛是有點挑戰性的環節。洛利德首先得停到緊急建造的棲木上。（渥比在幾分鐘內就做了十幾根相同的棲木。）我背對洛利德站著，而他小心的將爪子往前伸，首先環住我的右肩，然後是左肩。每根「腳趾」都跟人類的腰一樣粗，而且末端都接著彎曲的指甲，看起來就像能挖出……呃，要挖出玳恩的內臟絕對不成問題。

洛利德的爪子鉗住我的胳肢窩下方和肩膀上方。我才剛要習慣這令人不安的姿勢，就聽到翅膀甩開的聲音了。我感覺到強風突然吹來，身體離地。

洛利德不斷振翅，而我看著自己的腳飄離下方的積雪原野。我們爬升到勉強可以閃過露卡別那森林最高巨木群的高度，其中一棵樹離我們好近，最頂端的葉片搔癢了我的腳趾。

西方吹來強風，洛利德輕而易舉的往上衝。我盡可能轉過頭去，看到數百隻巨大的拉提頓翱翔在我們身後，每一隻的腳爪都運送著一隻渥比。

而每一隻渥比的獸掌都捧著一隻瑞格勒。

渥比激動交談，瑞格勒也用牠們的方式對話，唱出歡樂的歌曲。牠們知道現在正要前往戰場嗎？當然知道，不過牠們的音樂談的不是上戰場這回事，而是飛在空中的超凡刺激感。

我們這些地面生物被抬升到拉提頓的領空中。太陽在後方朝地平線沉落，發出的黃、橘色光線為翅膀和獸毛上了一層金色釉光。那是令人振奮的風景。不過也是不怎麼舒服的體驗。腳爪從我的腋下抬起我，我的雙腳彆扭的垂晃著。

我發現托布往我左側靠來了，是多瑟蘭抓著他。

「托布，還好嗎？」我大喊。

「我並不害怕，當然。」托布用叫喊回應，聽起來就很害怕。「只是地面離我們好遠啊，不知道妳有沒有注意到。」

這時我才驚覺，我應該要更害怕才對。不過洛利德很強悍，稱王的時間很長，存活的時間更長。我信任他。

再說，除了信任他，我也沒有別的選擇了。

「聽聽瑞格勒的歌，」我建議托布，「牠們並不擔心自己的處境。」

「當然不怕，牠們是瑞格勒呀！如果掉下去，八成也只會彈個幾下！」

托布就跟其他渥比一樣，以獸掌捧著一隻瑞格勒。這些小生物並不重，但八成仍是個負擔。

空氣冰涼，風很強。我心想，拉提頓知不知道地面生物的耐寒極限在哪裡呢？我們繼續飛行，天空逐漸轉變為深藍色，瑞格勒唱著平靜但引人入勝的歌曲。我的肌肉開始抽痛，但星星現身後，我又徹底忘了自己的不舒服。

星星看起來近得不可思議！洛利德要是再飛高一點，我彷彿就能摘下一顆，放進我的皮囊內。

「洛利德大人，我可以問個問題嗎？」

「只有一個問題還行，也許頂多兩個吧。但不能更多。飛行途中最好保持沉默。」

「我只是在想，你會不會擔心要是撞進暴風雨裡，甚至撞到星星怎麼辦？」

「嗯？」洛利德很震驚。「撞進……？喔，我差點就忘記地面生物的視力有多差了。答案是——我們經常飛越暴風雨。雨雲通常相當低，其他種類的雲，有的很高，高到連我的翅膀也搆不到。」

「星星呢？」

「唉呀，唉呀，年輕的玳恩，等擺平這一切瘋狂之後，你真的該去讀點書！學者告訴我們，大地在夜裡會被一個巨大的黑碗罩住，而星星是照進碗上孔洞的光。那黑碗比最高的雲還要高上好幾倍呢。」

我無法抬頭看星星。往上我只看得到洛利德的翅膀和身體，凶殘的鳥喙指著前進的方向。要看星星，我得轉頭看側面，或望向我的前方。不過我現在往前看，只看到一片平坦、無星的黑暗。

「我不打算一直聊下去，洛利德大人，不過為什麼前方沒有星星呢？」

「星星的光被雲遮住了，是盛滿雪的雲。」

「雪？」

「對，我們沒有棲息一下等它飄走的時間了。」

「我們要穿越暴風雪？」我懷著戒心問。

一片雪花掉到了我的鼻子上，彷彿是給我的答案。

一片雪花對我而言還算迷人，但接下來的就不是那麼一回事了。

洛利德發出一長串尖啼，聽起來像是字句，雖然並不是通用語。我認為那是他給屬下的命令。雖然我聽不懂他的語言，但我聽得懂他的語調。我也聽得出，瑞格勒的歌曲變得沒那麼活潑、歡樂了。

「接下來會很難熬，碧克斯大使。」洛利德警告，「我們必須飛過暴風雪的上方。」

上方？暴風雪上方？

雪量變多了，大多都在我的毛皮上融化，但少數凍成了冰霜。

我想轉頭看看托布，但巨大的閃光烙近我的眼中，一秒鐘後，毀滅性的巨響差點讓我的耳朵炸開。

是閃電。雷鳴。

我原本就很怕暴風雨，就算待在地面的堅固遮蔽物下安全無虞，我也還是會怕。不過飛越暴風雪是相當不同的體驗。我很快就學乖了，一看到閃電就連忙遮住耳朵，可怕的雷鳴總是會接著爆開，彷彿震動著我每一根骨頭。

洛利德的翅膀將空氣往後撥，一拍接著一拍，毫不歇息。冰塊結在他飄動的羽毛外圍。聽著吃力的呼吸聲便知道他使盡了全力。也許我們正在往上飛，但我無法確定。

我往托布的方向瞄，剛好看到一道巨大的鋸齒狀閃電打中一隻拉提頓，以及他運送的渥比和瑞格勒。

那隻拉提頓化為一團火球。我發出害怕的喊叫，眼睜睜看著烈焰從空中墜落。一隻死去的拉提頓。一隻死去的渥比。一隻死去的瑞格勒。

我怕他們不是最後的犧牲者。

25 戴瑞蘭人

拚命飛上雲端的過程太可怕了，這段經歷將會永遠在我心中揮之不去。閃電刺向我們。雷鳴撼動我們。大雪矇蔽我們。我的手腳感覺麻掉了，肩膀發疼。每吸一口氣都很費力，很快的，我得氣喘吁吁才能讓空氣進入肺中。

閃電一再襲來，彷彿天空決定毀滅我們。又有兩隻拉提頓著火，畫著螺旋軌跡下墜了，閃電使他們成為短命的火球。

還有其他幾隻拉提頓累到無法繼續飛行，不得不帶著他們運送的渥比和瑞格勒到地面上找地方躲雪。

就在我準備求洛利德降落到地面時，奇蹟發生了──我們衝破了雲朵。在那一瞬間，便從絕望跨入安靜的奇觀之地。

雲朵在我們下方，像凹凸不平的被單般無限延展開來。我還是看得到閃電，但已消褪成我懸空腳下的無害閃光。星星好澄澈，亮到我得一直眨眼。

托布也來到這裡了，就在我們左邊。他保住了一命。

「碧克斯大使，妳還好嗎？」洛利德問。這是隔了好幾個小時後，他第一次開口。

「洛利德大人，我連骨頭都溼透了，腳冷到一點感覺也沒有，肩膀痛得像被亂竄的加利朗撞到。不過看到這場面，一切都值得了。」

「很美。」洛利德那沙啞的拉提頓嗓音，聽起來幾乎是甜美的。

「不過，我還是為失去的同伴感到悲傷。」

「我知道，」洛利德說：「這讓我們感到不好過。」

空氣並沒有比較溫暖，但至少比較乾了。雷聲退遠，變成了柔和的轟隆聲。洛利德繼續往前飛，而我睡著了，這大概透露出我有多累吧。我時不時會醒來，看到洛利德強健的翅膀在我頭上拍動，令我安心。不過他下一次對我說話時，我是睡著的。

「醒來吧，我的玳恩朋友。」他說：「就快到了。有樣東西你也許會想看看。」

我睜開眼，發出歡喜的喊叫。是太陽！又橘又黃、又燦爛，看起來像是歇息在雲朵軟墊上。

「謝謝你，洛利德大人。能醒來看這樣的景色，我實在太開心了。」我掌握了一下方位，然後說：「太陽在我們右邊，所以我們往北轉了？」

「沒錯，我們正沿著特拉諾河前進。我的獵鷹偵察兵已經飛到低空去了。他們碰到麻雀和海鷗，得知昨晚戰況。沃德的人類勇士遭到敵軍埋伏，損失慘重。現在戴瑞蘭人在一個叫布魯格的村子外紮營。」洛利德暫停了一下。「他們很快就會猛攻布魯格，屠殺所有生物，然後將村子燒成灰燼。」

他的字句像打在我身上的重擊。損失慘重。屠殺。燒成灰燼。我眼前浮現出一個不請自來的畫面，是我望向家人、朋友的屍體時所見的第一眼。他們都死於莫達諾士兵引發的浩劫。

我握緊拳頭，用意志力趕跑那畫面。

多瑟蘭湊近洛利德，兩人的翼尖幾乎要碰在一起了。

「托布！」我大喊：「你還好嗎？」

「當然了，怎麼會不好？」他似乎真的很疑惑。

「你沒有凍個半死，每條肌肉都在痠痛嗎？」

他笑了。「碧克斯，我的朋友啊。妳的體型比我大，妳自己身體的重量肯定對關節造成了負擔。還有，我的瑞格勒唱了一整晚的歌給我聽。」他補充，「療癒到不行。」

我心想，托布有沒有目擊我先前看到的慘烈死亡呢？也許他湊巧沒看到。我考慮告訴他洛利德剛剛捎來的消息，不過他看起來好滿足。反正他很快就會知情了。

洛利德用拉提頓語向多瑟蘭下了一些指示，然後多瑟蘭就飛走了。托布暫時以單手捧著瑞格勒，用另一隻獸掌向我揮手道別。

「現在呢，碧克斯大使，」洛利德說：「我們得找個地方讓妳安全降落。」

「要放我下去？我們不是要去阻止戴瑞蘭人嗎？」

「戰場不是大使該去的地方。」洛利德回答：「妳對小姐而言很重要，我可不想回報妳的死訊。」

我猶豫了。洛利德的話有道理，幾乎說得通。我在戰場上沒什麼用處，那場面也令我害怕。我已經見識夠多了，想像得出最糟的情況。

我是個大使，不是嗎？我應該要向卡拉負責，不是嗎？

不過托布會去，我怎麼能不去呢？

「不，洛利德大人。我必須和我的渥比朋友在一起，他們是因為我才來的。」

我覺得洛利德咯咯笑了，要判斷拉提頓到底有沒有笑是很困難的。「那就如妳所願，碧克斯大使。抽出妳的武器吧，時候到了。」

洛利德稍微改變振翅的節奏，我們很快便被上百隻拉提頓環繞了，每一隻都載著一隻渥比和一隻瑞格勒。

我揉揉雙手，好恢復一些血色。調整好瓦利斯給我的盾牌背帶後，我抽出劍。

洛利德發出震耳欲聾的叫聲，滿天的拉提頓都開始俯衝，像射穿雲朵的箭。鑽入潮溼的棉花，落入半盲的狀態中。

我們的速度愈來愈快，最後我的眼睛幾乎無法在風中睜開。

我瞄到了一小片朦朧的陸地。

幾秒鐘後，我們便來到布魯格村的正上方了。那看起來像一個十分簡樸的地方，只有茅草屋、蜿蜒的積雪街道，四面都以粗陋的尖板條圍起。我看到村內有母親、小孩、幾個老人，就我所見全是人類。他們在街上散開，衝入屋內。

尖板條搭起的村門附近站著一票男女，顯然不是士兵。我看到零星幾個人拿著劍，但大多數人都拿乾草叉、鋤頭，還有磨尖的木棍，那連最薄的皮背心都刺不穿。站在門外的是沃德的人馬，他剩餘的兵力。也許有一百個人，當中有許多纏著繃帶、走路一拐一拐，還有一些人躺在擔架上。

沃德讓他的戰士組成一面盾牆，每一面盾都和相鄰的盾交疊。牆後站著十幾個巨漢，手舉長矛，準備堵住任何縫隙。

他們專業又充滿氣勢，只有蠢蛋會去攻擊那道恐怖的屏障。

不過有一個事實令人心痛：那道盾牆的兩端之間只有五十個人。

逼近他們的，是一千個身穿制服的卡薩大軍，每個士兵都有精良的武器，看起來個個精力充沛，躍躍欲試。沃德的戰士看起來很堅毅，但每個人都累壞了。

戴瑞蘭人也組成了盾牌牆，長度是沃德他們的四倍。後方還有一排一排戰士待命，準備接替前線。大多數士兵是人類，但我也看到五、六隻斐利韋在盾牌牆的盡頭遊走，還有四隻巨大的特拉曼，人類戰士騎在他們分節又閃亮的背上。

那一排體型如馬的昆蟲後方站著一個人類，穿著比其他人都亮麗，盔甲閃閃發光。

「那是他們的將軍。」我低聲說。

「沒錯，」洛利德說：「我來對付他！」

26 第一次戰鬥

拉提頓一起轉向東方，經過下方的戰場。「要從空中發動攻擊時，」洛利德解釋：「最好要背光。地上的人就會被陽光照得睜不開眼。」

我們繼續飛行，戴瑞蘭人和沃德的人馬似乎都沒注意到我們。我們接著大轉彎，拉提頓以安靜、不費吹灰之力的優雅態勢組成三個大V字，一個接一個排列。

洛利德在臨近戰場前減緩速度，發出刺耳的尖啼。我在裡頭聽出蔑視、勇氣和信心。就算聽不懂拉提頓語也能了解，洛利德下令發動攻擊了。

拉提頓俯衝，然後又拉回水平飛行，像船一般順暢滑行在風中。第一個打頭陣的V字陣由多瑟蘭、托布和他的瑞格勒領軍。

沃德的人馬聽到聲音，抬頭一看，個個震驚的張開嘴。他們頭上有超過五百隻拉提頓往下挺進，晨曦襯著他們的黑色剪影。

我看到卡薩的弓箭手拉弓，後仰，瞄準我們，我的心跳加速了。他們瞇眼對著幾乎

水平的光源。

離弓了，黑箭朝天空上升，射向拉提頓。也許有一百支箭同時發射，不過有許多失準，還有一些箭的速度被飛行距離拖慢，輕易就能閃過。

不過，有支箭命中了。深埋進一支老禿鷹的翅膀中，使他從空中墜落，畫出螺旋軌跡。他腳爪抓住的渥比降落在一根往上指的長矛上，我不確定他帶在身上的瑞格勒怎麼了。

我看到那令人作嘔的一幕，倒抽一口氣，那會對渥比的士氣造成多大的打擊。

但我忘了渥比的脾氣。

那慘狀沒有打擊他們的士氣，而是激怒了他們。

拉提頓朝低處的戴瑞蘭軍隊進逼，渥比將他們手中的瑞格勒扔向戴瑞蘭的盾牌牆。

我知道瑞格勒對大部分的物種來說都有毒，但我不知道是怎麼樣的毒。當牠們的尖刺插入裸露的肩膀、背部，甚至好奇上仰的臉部時，我才明白瑞格勒為何天不怕地不怕了。

牠們的毒液生效得快又狠。幾秒鐘內，所有接觸到瑞格勒尖刺的人都倒地蠕動，喘不過氣來。

戴瑞蘭人是來這裡殺人放火搞破壞。看到他們倒下，我應該要開心才對，但實際上他們的痛苦無法帶給我任何愉悅。

拉提頓再度掠過上空，這次放出渥比——膽大又兇猛的渥比，他們從戴瑞蘭人頭上幾英尺處降下。

盾牌牆遭到瑞格勒毒液瓦解，散成了一片混亂的隊形，遭受盛怒渥比撕抓、啃咬的大群士兵四散。

沃德的戰士發出巨大的吼聲，舉起盾牌，整齊畫一的前進，推向崩毀的盾牌牆，以矛、劍戳刺，拿斧頭、鎚矛砸向敵人。

不過戴瑞蘭人的數量還是比較多，而且是訓練精良的職業軍人。他們撤退，組成一個防衛性的圓陣，圍住將軍。

最糟的是，敵軍有四隻特拉曼。我們的瑞格勒對上他們毫無用武之地，因為特拉曼巨大的蟲體上幾乎都覆蓋著厚厚一層甲殼。

洛利德又發出了另一聲嘶啞的啼叫。村外的地面上升起較小型鳥類組成的雲朵，朝戰場飛來——有海鷗、寒鴉、松鴉、椋鳥，甚至小麻雀。他們飛得很快，小巧的翅膀奮力搏動著。令我震驚的是，他們直直衝向特拉曼。

特拉曼令我聯想到巨大的甲蟲，他們的天然盔甲可以擋開弓箭、長矛、刀劍，不過他們有兩個弱點。第一是腹部，那裡沒什麼防護，但幾乎不可能觸及。

另一個弱點是眼睛——此刻那裡布滿了一群群小鳥，憤怒的啄啊抓啊。其中一隻特拉曼瘋狂甩頭，往北方衝去，彷彿決定要回家了。另外三隻盡全力發動攻擊。不過眼睛瞎掉後，要攻擊敵人是很困難的。

「時機來臨了，」洛利德說：「我要幹掉將軍。如果有人從後方攻擊我，妳就大叫警告。握緊妳的劍囉，碧克斯。」

那不是一個請求，而是命令。

我們頂著太陽往下衝，洛利德大張翅膀，冰冷的風吹在我臉上。下方的戰士肯定感受到拉提頓之王的影子了。他們抬頭，被眼前景象嚇得一縮。畏懼，但並沒有逃跑。

戴瑞蘭的將軍被士兵團團包圍，但留了一點點空間給他，這樣將軍才能從士兵頭上觀察戰場動靜。那位披著戰甲的巨漢四周有一圈空位。

「就是現在！」洛利德大喊，並鬆開爪子。

我往下掉，同時發出尖叫，有一半出自恐懼，一半出自憤怒。

我降落在潮溼的地面，翻滾身體減緩衝擊力道，然後跳了起來。渾身泥濘，但劍已抽出。他在那裡，將軍。身高是我的兩倍，佩帶著比我身體還要長的劍。

他低頭瞪著我，從面甲縫隙露出的眼中燃燒著怒火。他忙著注意我，沒發現洛利德已經飛過身邊，特技動作般減速急彎，從後方撲向他。

「殺了這個……這個……玩意兒！」將軍大吼。

三名戰士走向我。

洛利德出擊了，他的爪子抓住將軍那顆戴頭盔的首級。我以為他只是要摘掉頭盔，但我太低估巨大拉提頓的腳爪力道了。洛利德使力一捏。他巨大的指甲刺穿了頭盔的鋼鐵，深深插進將軍的頭顱。

「啊啊啊啊！」我發出大叫，而原本走向我的士兵對我失去了興趣，他們轉身攻向洛利德。

「洛利德！後面！」我呼喊。

更多戴瑞蘭士兵衝過來解救長官了。將軍膝蓋一軟，劍從手中掉落。我的眼角餘光瞄到有東西閃過。有個弓箭手搭箭，拉弓了。在這距離下，他不會失手。

我來不及思考，直接採取了行動。扔出了我的劍。

那不是高手擊出的劍，尖端並未埋入弓箭手的身體，不過劍柄擊中他的手，使他鬆開了弦。箭毫無傷害力的飛走了。

將軍臉朝下倒地。洛利德停在死人的頭上，張開翅膀保持平衡。

「你們的領袖死了。」洛利德冷冷的說：「誰想倒在他旁邊？」

27 斐利韋戰士

洛利德的問題足以令前進到一半的士兵猶豫起來。

四面八方都傳來叫喊聲：「將軍死了！」

戴瑞蘭人心中殘存的鬥志都蒸發了。我四周的卡薩侵略者都丟下武器，舉手投降。

我震驚、不敢置信的盯著這場大屠殺。死去的人類。死去的拉提頓。死去的渥比。死去的瑞格勒。

我發狂似的尋找托布，但到處都沒看到他。有個聲音愈來愈高漲、響亮，那是由許許多多呻吟、哭喊、痛苦或悲傷的吼叫集合而成的聲音。戰場也有某種味道，由血腥和恐懼結合而成的難忘惡臭。

「我們勝利了！」洛利德尖叫，而天空傳來數百隻拉提頓的狂喜應答。

他將炯炯有神的目光轉向我。「碧克斯大使，這對妳和妳的渥比夥伴而言，是一大勝利。」

「勝利？」我重述他用的字眼。「感覺不像是勝利。應該要阻止這種事發生才對。」

「妳真的認為自己不參戰就能夠阻止戰爭？」

「卡拉……聶達拉小姐追求的是和平。」我反駁。

「所有物種的美好生物都在追求和平，碧克斯大使。」拉提頓的嗓音有所節制，但盡可能使語氣柔和。「但戰爭還是會來臨。而戰爭來臨時，我們只能有一個目標——勝利。我猜小姐也心知肚明。」

我踩過屍體和盾牌，尋找托布的身影，也尋找稍早看到的斐利韋。他們顯然避開了戰鬥，也許趁亂逃跑了。有意思，我心想。瓦爾提卡薩領導著一些斐利韋，但他們也許並非全都樂意為卡薩而死。

有個小小的身影蹣跚朝我前進，臉和毛上沾滿鮮血。是托布！

他表情恍惚，移動緩慢，幾乎像是在夢遊。

「托布，」我大叫：「你受傷了嗎？」

「受傷？沒有，碧克斯，我沒有受傷。」

我和托布一起經歷過許多事，看過他所有的表情。但他現在的眼神是我從未目睹的。他似乎不是看著我，而是看穿我。

「那血……」太遲了，我說完才察覺自己是在逼他解釋，交代他也許不想交代的事。

他摸了一下自己的臉，看著手指，彷彿無比困惑。「這不是我的。」他說：「這不是我的。我……我殺了一個人，碧克斯。我本來可以停手的，妳懂我意思吧。他已經被打敗了，我可以停手的。但我沒有停，碧克斯。他停止呼吸，我才停手。」

淚水從他眼眶湧出，在血漬中切開兩條水道。我的雙手環住托布，將他緊緊擁入懷中。他啜泣，而我很快也開始跟著哭了。

我們贏了。

我好奇的想，戰敗的感覺真的會比戰勝差嗎？

沃德的手下穿過死者和傷者，運走受傷的我方人馬，忽略戰敗的卡薩士兵的苦苦哀求。沃德一行人當中只有一個醫生，她忙著截掉重傷的四肢，縫合深長的刀傷。

受傷的戴瑞蘭人大多在哀求我們給水，還有一些人希望我們行行好，縮短他們垂死的過程。有些人哭著找媽媽。

「托布。」我說：「我們得去找些水袋。」

托布一頭霧水，也就無法反駁。我牽起他的獸掌，拉著他一起走向沃德的其中一輛運貨馬車。有個壯漢守在那裡，他只有一隻眼睛和一條手臂，是很久以前上過戰場的老兵。

「我是碧克斯大使，」我對他說：「我需要水袋。」

「沒必要。」他指著一個大木桶的龍頭。「轉開就行了，愛喝多少就喝多少。」

「不是我要喝的。」我說。我不想告訴他為何需要水袋，我猜他無法理解我的想法。

「那就是給傷者囉？」

「對，給一些需要水的戴瑞蘭人……」

「妳的意思是敵軍的傷者？」他打斷我。

「對。」我回答。

「我叫戈藍，」守衛說，然後用完好的手拍拍自己僅存的一小截手。「我在戰場上失去了這條手臂，痛苦的倒在地上好久好久。妳無法想像作戰完又失血的人會有多渴。」

戈藍停頓了一下，深陷在回憶中。「有個年輕的戰士發現我還活著。妳知道對方是誰嗎？就是當初砍下我手臂的敵軍戰士。他反手揮劍的時機抓得剛剛好，才得逞的。他大可結束我的性命，結果卻給了我水。」他搖搖頭。「我喝了，後來我這輩子喝下的任何飲料都不及那一半美好。我喝完之後，問他為什麼要這麼做。為什麼要憐憫倒下的敵人？」

「他說什麼？」我問。

「他說人所能展現的最大善行，就是憐憫敵人。我一直沒忘記這件事。水袋你們拿得動多少就拿吧。要是有誰質疑你們，就說是戈藍派你們去的。」

托布和我抓起三個沉重的水袋，穿越戰場。我們讓受傷的人喝水，讓累壞的人喝水，讓滿心悲傷的人喝水。我絕不會想將這工作推給其他人。

我準備去帶更多水過來時，發現屍體堆下方有東西在動。

「托布，來，」我說：「幫我忙。」

我們一起費力拖開染血的屍體，發現底下有隻年輕的斐利韋，身體側面有一道嚴重的刀傷。她的黑色皮毛上有深藍色條紋，從頭延伸到尾巴。

「這位斐利韋朋友，會渴嗎？」

「朋友？」斐利韋咆哮，在我聽來那是雌獸的嗓音，「斐利韋跟狗什麼時候是朋友了？就算是會說話的狗又怎樣？」

「我是玳恩，不是狗。」我說：「我的夥伴和我都有一個斐利韋朋友，叫甘布勒。」

「甘布勒不是斐利韋的名字。」她口齒不清的說話，眉頭深鎖，淺藍色眼珠忍不住瞄向水袋。但她有著斐利韋族的志氣。

「甘布勒是我們叫他的名字，」我說：「不過他的真名是……」我曾經聽過一次，很久以前。甘布勒的全名是什麼去了？

托布的記憶力比我好。「他的真名是埃利歐．施特朗，哈達克三世，畏懼森林隆叩。」

那斐利韋眨眨眼。「你說什麼？」

「埃利歐．施特朗，哈達克三世，畏懼森林隆叩。」托布重複。「他說他還有很多名字，但一開始提這些就很多了。」

「你的朋友是畏懼森林隆叩？」她的語氣充滿不可置信，彷彿我正在宣稱奈泰特會飛似的。

「他是那麼說的。」我說：「而且甘布勒不說謊。」

「不過他偶爾會取笑別人就是了。」托布補充，感覺稍微恢復成平常的他了。

「可以的話，我想喝點水。」那隻斐利韋說。托布將長長的水柱倒進她那張頗可怕的嘴巴。她喝完後，似乎比較冷靜了。「我叫娜莉絲·布達爾，厄比克河谷的蓮喀。」

托布和我也自我介紹。

「你們好心又勇敢，」娜莉絲說：「不過我還得提出更多請求。首先，我需要醫生來縫合這不幸造成的傷口。接著，我要你們帶我去見那個畏懼森林隆叩。我有口信要給他，或任何有權力的斐利韋。」

「口信？」

「是的，事實上是兩個口信。第一個是卡薩託我轉達的，內容是要鼓勵聶達拉境內所有斐利韋挺身反抗莫達諾，並歡迎卡薩的統治。」

「我認為甘布勒不會喜歡那個口信。」我說。

「他也不該喜歡。卡薩是個怪物，是瓦爾提，背叛自己的族類。他派我參加這次突襲，要我聯絡更多蠢到願意投靠他的斐利韋。不過我還帶著一個完全不同的口信，不是來自卡薩那個叛族者，而是在戴瑞蘭受壓迫的斐利韋。」

「那口信是什麼？」我問。

「那個，」她回答：「要保留給埃利歐·施特朗，哈達克三世，畏懼森林隆叩。」

28 甘布勒的驚喜

沃德的人馬退回山上，許多士兵包紮繃帶，還有一些士兵裝著粗糙的木腿。他們沒收了戴瑞蘭人的所有武器，還有馬匹和補給品。沃德似乎相當滿意。

「你們在關鍵時刻抵達了，碧克斯大使。」他說：「再晚十分鐘，我們就會死光。」

「你應該要感謝洛利德大人和渥比長老才對，」我說：「當然還有瑞格勒。」

「我確實十分感謝他們。不過是妳將拉提頓、渥比、瑞格勒聚在一起。」

我不確定他說的對不對，不過聽了很開心。直到沃德補上一句，「至於那些死掉的戴瑞蘭人？大半的功勞應該要記在妳頭上，我的朋友。」

他這麼說是想誇獎我，因此我出於禮貌回應。但一想到那番話很正確，我的心情就盪到了谷底。

重新與和平軍會合代表得長途騎馬，這不輕鬆也不愉快。我將可憐的哈沃克留在波西卜那裡，而沃德手下借給我的新小馬是隻脾氣暴躁的小花馬，會突然躍起前腳或憤怒

噴氣。牠的名字是塔布，不過托布幫牠取了一個綽號叫「哈啾」，因為牠會在奇怪的時機打噴嚏。

下雪了，接著夾雜雨水，然後是更多雪。我們沿著特拉諾河南下，這樣至少隨時會有充足的水源。我們加入了一大票拉提頓、渥比、瑞格勒，我知道卡拉看到這些新成員會很開心。不過我們這群士兵呢，保守點說，是又累又冷又餓。

斐利韋娜莉絲頭兩天搭運貨馬車，第三天靠自己走了一段時間，而當我們抵達終點時，她幾乎已經康復了。不過，關於要給甘布勒的口信，她還是沒有透露半點。

特拉諾河有條支流叫利茲河，是水速緩慢、河面很窄的溪流，外圍接著溼地和一株株堅挺的棕色香蒲。我們在兩條河的匯流處找到了和平軍的營地。

薩比托最先看到我們。「我聽說尊貴的洛利德碎頭者與你們一起加入了激戰！」他說，顯然很興奮。

「是啊，事實上，正是洛利德載我的。」我說。

「是洛利德碎頭者大人。」薩比托糾正我。

「他允許我直呼他『洛利德』就好。懂我意思吧？朋友之間不需要那麼拘謹。」

薩比托的眼中燃燒著嫉妒之火，「妳，妳和洛利德碎頭者大人，是朋友。妳……」

「托布和我都很親切友善喔，薩比托。」

他發出懊悔的聲音。「真不敢相信，我竟然錯過與洛利德碎頭者大人一起飛向戰場的機會。我向同族傳話完畢後，小姐命令我回到這。」

「麥克辛的航行還平安嗎？」我問。

「平安，不過我不確定他有沒有抵達目的地。」

「倫佐呢？」

「倫佐和甘布勒帶了兩百匹馬回來，聽說他們甚至為此付了錢。」

「真是嚇壞我了。」

我們接受大家的歡迎，接著被接到卡拉的帳篷。倫佐、甘布勒都在裡頭，另外還有瓦利斯將軍和藍臉波蒂克。雖然我們累個半死，但能見到他們實在太棒了！

卡拉擁抱我們每一個，抱了好久。她問候我們，然後立刻切入正題。「告訴我所有的事吧。」

我們說了，從午餐時間一路說到下午。最後卡拉說：「幹得好，不過妳還沒解釋那票士兵中怎麼會有斐利韋。」

「甘布勒，有隻斐利韋要傳話給你，只有你能聽。」

他的尾巴在地上掃了幾下。「我？」

「是的。我們告訴她你的名字，她的反應像是聽到了什麼重要人物的名號。」甘布勒舔了舔其中一隻腳掌。「妳說『像是』啊？」

我笑了。「你對我來說一直都是重要人物啊。」

「妳向她說了哪個名字？」

我滿嘴都是蘋果汁，於是托布回答：「埃利歐．施特朗，哈達克三世，畏懼森林隆叩。我還記得！」

「沒錯。」甘布勒謹慎的問：「那她的名字呢？」

「娜莉絲．布達爾，厄比克河谷的蓮喀。」托布背了出來。

我不會說甘布勒臉色發白，因為黑毛是不會變白的。不過他的眼睛瞪大，嘴巴大開，看起來既恐怖又好笑。

「娜、娜、娜莉絲？我是說，呃，厄比克河谷的蓮喀？」

我瞪著甘布勒。托布瞪著甘布勒。托布與倫佐和我面面相覷。接著我們發現卡拉也盯著甘布勒，於是我們盯著她。最後我們所有人回過頭去瞪著甘布勒。

甘布勒在慌張嗎？

甘布勒？

慌張？

他似乎以為我們會說點什麼，但我們太好奇、太疑惑了，根本無法反應。甘布勒剛剛說話都結巴了呢。這隻斐利韋——甘布勒，我可是不只一次看過他闖入死亡的地盤附近，卻絲毫不憂懼。

「你們盯著我是在看啥？」他質問。

「我認為我們最好快點見見這位娜莉絲。」卡拉說。她向一名士兵點頭，士兵便快步衝出帳篷。

「呃，我沒必要待在這裡。」甘布勒起身準備離開。

卡拉伸出一根手指，「我恐怕得請你留下，我很堅持。」

甘布勒的肩膀垮了下來，尾巴垂到地面。

娜莉絲跟著領她過來的士兵進入帳篷。雖然還看得到傷口縫線，但她移動起來像流水，像更嬌小、更輕盈版本的甘布勒。

她向卡拉低頭。「卡拉珊德．多拿提小姐。」

「歡迎妳，娜莉絲．布達爾，厄比克河谷的蓮喀。」卡拉說：「妳需要食物或飲料嗎？」

「不用，小姐，您好心的大使玳恩碧克斯將我照料得很好。」

「聽妳這麼說真是太好了。聽說妳要來傳話，有兩個口信。」

「確實。一個來自統治戴瑞蘭的邪惡瓦爾提，另一個來自戴瑞蘭境內的斐利韋。前者是要聶達拉境內所有斐利韋起身，一同反抗莫達諾。」

「這樣啊。」卡拉說：「那另一個口信呢？」

娜莉絲調整了一下視線，看了看甘布勒。「我帶來的消息，只能給畏懼森林的隆叩。」

卡拉點點頭。「甘布勒，你願意現在聽嗎？還是你想離開，私下聽？」

甘布勒嘆氣。「我很樂意和您分享，小姐。」

卡拉向娜莉絲點頭。

「請接受我的問候，我許久以前的，」娜莉絲說：「內心不曾遺忘的伴侶。」這下輪到我張大嘴巴了。我往右看，果然，托布也一樣震驚。還有倫佐、卡拉、薩比托。如果哈沃克在帳篷內，我猜牠也會一樣驚訝。

「我要告訴你，」娜莉絲接著說：「我很珍惜我們在學者島上一起學習哲學和天文學的時光。」她的聲音低沉又沙啞，像是刮耳的搖籃曲。「當來自波西卜的渥比托布提到你的名字時，我便知道我得找你談談。」

所有人都轉頭看甘布勒。「我也……很珍惜……我們，呃，在一起的時光。」

「很高興聽你這麼說。你也許會有興趣知道，你有三隻小獸，兩母一公。」

「我……真是恭喜啊？」甘布勒勉強擠出這句話，眨眨眼。「太好了。對，很好。世界上有愈多小斐利韋愈好。」

「唉呀，甘布勒，你這壞蛋！」波蒂克拍了自己大腿一下。「你生了小貓啊！」

「是小獸。」娜莉絲糾正她。

「渥比也是這樣稱呼小貝比的。」托布說：「我們還會說孩寶、渥貝比。」

「你不知道自己有小孩？」倫佐問，並搖搖頭。

娜莉絲為甘布勒回答：「公斐利韋並不習慣與子女維持緊密的關係。」

「那麼，這是妳的口信嗎？」卡拉問。

「不是的，小姐。我的口信如下——戴瑞蘭的斐利韋腐敗又受到操弄，受到自稱卡薩的瓦爾提利用，但還有許多善良、真誠的斐利韋在抵抗，還有許多斐利韋原本也會願意挺身而出，只是瓦爾提威脅要傷害他們的子女。」

甘布勒突然找回自己的聲音了。「他也威脅妳的……我們的小獸？」

「瓦爾提抓走了他們，關進地牢當人質。我並不只是要為他們發聲，還要為全戴瑞蘭的斐利韋發聲。我們所有的隆叩都死了，只剩兩個蓮喀還活著，不過隨時受到監視。我族需要一個領袖，需要聰明、強壯、善良的領袖。我族需要你，埃利歐．施特朗，哈達克三世，畏懼森林隆叩。你願意來戴瑞蘭嗎？你願意領導我們對抗瓦爾提嗎？」

「妳要我……什麼？」

卡拉望向瓦利斯將軍，四目相接。看得出來，大家都對事情的發展很感興趣。

瓦利斯將軍說：「妳真正的提議是什麼，娜莉絲？」

「如果卡薩死了，或至少失去了大位，他的軍隊便不會入侵聶達拉。如此一來就不會有戰爭。」

「莫達諾的海軍還是會在海上來去。」波蒂克說。

「我們已經得到帕維詠女王的承諾了，奈泰特會阻止莫達諾的海軍。」倫佐說。

卡拉舉起一隻手要大家安靜。我們等待，給她思考的時間。不久，她直接對甘布勒開口。

「老朋友，請告訴我，」她說：「你願意接下這個任務嗎？」

29 道別

當天晚上，我們聚集在火光漸弱的營火邊。那時已經很晚，我們都累壞了。但回來與大家會合的感覺實在太棒了，我們似乎捨不得結束這個夜晚。

我感覺好像回到了自己的家，雖然這樣看待移動中的軍隊感覺有點怪。我也感到很放鬆，因為我又再次完成卡拉交付的任務了。兩次的外交任務，都達成目標——雖然過程免不了痛苦和血淚。

甘布勒側臥在我旁邊，肚子朝向發光的餘燼。

「我從來不知道你有小孩耶，」我對他說：「我是說，小獸。」

「我也不知道。就像娜莉絲解釋的那樣，我們的習性是，像我這樣的公斐利韋——我們隆叩，是不用撫養小孩的……」

「還真方便啊。」倫佐插嘴。

「不過一想到我的後代現在正在地牢裡……」甘布勒搖搖頭。

「那麼，娜莉絲是你的妻子囉？」托布問。

「斐利韋不會建立終身伴侶關係，」甘布勒回答：「那是人類的做法。不過她是我，呃，很在意的對象。」

「你有沒有想過，這可能是陷阱？」薩比托站在樹枝上發問。

「不，」我說：「娜莉絲說的是她自己也相信的話。」

「我別無選擇。」甘布勒嘆了一口氣。「如果她說的是真的，那我只能在戴瑞蘭聚集一股斐利韋的勢力，阻止這個瓦爾提怪物。我有責任這麼做。他背叛了我的同類。」

娜莉絲來到我們身邊了，幾乎沒人注意到她是什麼時候出現的。她就像甘布勒，可以無聲移動。她在他附近窩下來。他用自己的側臉輕輕磨蹭她的臉。我對斐利韋示愛的方式一無所知，但那看起來很像是傳情的姿態。

「我們得走這趟。」甘布勒說，而娜莉絲點點頭。「不過，我的心情會很沉重，因為我不知道何時能再見到你們之中的任何一個，甚至不確定會不會再見。」

托布咬下燒焦木棍上的最後一口烤柳豆。「你們要怎麼越過山脈？」

甘布勒笑了。「我們是斐利韋，不是渥比啊，托布。我們會在夜晚移動，隱匿行蹤。我們不需要帶著裝滿補給物的馬車，在移動途中打獵就行了。」他伸懶腰，然後站了起來。「娜莉絲，妳準備好了嗎？」

我這時才恍然大悟，他的意思是要立刻離開。「不！」我脫口說：「你不能今晚就走。」

「時間寶貴。」甘布勒說。

「我知道，可是……」我望向卡拉求援，但她只是搖搖頭。「我們才剛到。」我的語調很無力，「娜莉絲呢？她才剛康復。」

「我沒事的，大使。」她回答：「我們得趕快上路。我們的小獸……」

「也對。」我說，為自己的自私感到尷尬。

我們的道別短暫又簡單。斐利韋不吃感傷那套，而我們畢竟正在行軍。

甘布勒和娜莉絲在大家的目送下進入暗處。

「甘布勒！」我叫住他。

他停下來，回頭看。他的眼睛反射了火光，像黃色月亮般亮著。

我跑向他。「我做過蠢事，也做過聰明的事，甘布勒。」我說：「不過我做過最聰明的一件事也許就是相信你。」

「這句話由我來說也通。」他回答，輕輕點了一下頭。「保重啦，我的朋友。」

幾秒鐘內，兩隻大貓就不見了蹤影，與四周的漆黑森林一起融入天鵝絨般的夜色。

那晚我實在睡不著。聽到托布在他的鋪蓋上翻身，知道他也醒著。

「你還記得甘布勒轉身面對火騎士那一刻嗎？他們單挑。」我問

「怎麼可能忘記？」托布吸了吸鼻子。「那妳記得甘布勒每次都威脅說要吃掉我

嗎？」

我笑了。「而你還在這裡，安全完好。他的咆哮比獠牙可怕多了。」

「有時候，」托布勉強擠出一個笑聲，「碧克斯，我會這樣想呢——不知道我還會不會再騎到斐利韋身上？」

「你會的。」

「我是指那隻斐利韋。我們的斐利韋。」

「我們會再次見到甘布勒的，托布。我很確定。」

我們說個沒完，分享我們最喜歡的甘布勒故事，彷彿這樣一直說著就能將他留在我們身邊。最後我們睡著了，只是沒睡多久。倫佐搖醒我時天還是黑的，但東方已經升起微弱的灰濛天光。

「怎麼啦？我們被攻擊了嗎？」

「不，」倫佐說：「但我們接到了新消息。莫達諾的海軍離港了，正在前往戴瑞蘭海岸的路上。」

托布和我都坐了起來，被激起戒心。

「奈泰特呢？」我說。

「對，奈泰特會阻止他們，或至少擋下大部分人馬。卡拉也收到通報，薩格利亞有海鷗會飛向卡薩報告海軍的動向。而卡薩不會知道那些船永遠靠不了戴瑞蘭的岸。」

「這代表什麼？」托布問。

倫佐雙手插腰背在身後，來回踱步。「卡薩只會知道莫達諾發動了攻擊，他將會加快發動特拉曼的攻勢。我們得出發去阻止他們了，而且要快。」

我站了起來。「今天要出發？」

「要盡快，」倫佐回答：「只剩下一點點時間了。也許是少得誇張的時間。」

幾小時內，我們就上路了，全軍朝未知的未來邁出堅定的腳步。

這次行軍並不容易。自從被迫離家後，我走過許多險惡小徑，但完全比不上穿越佩立奇山脈這段路，狂風呼號，雪積到我胸口的高度，疲倦輾磨著我的身體。

沃德那批傷痕累累又筋疲力竭的人馬與我們會合，充當嚮導，不過面對爬上高處後感受到的噁心感，他們也束手無策。我們的肺彷彿裝不了空氣似的，每次呼吸都只能吸到一丁點。我的頭一直很痛。四肢通常處於麻木狀態，而且還重得像灌了鉛。

開始有人死於凍傷了。有人類的耳朵和鼻子結凍。卡拉一直在移動，起先騎馬，接著穿雪鞋行走。那是沃德預先準備的。她沿著受苦的長長隊伍來回奔波，哄士兵、安撫他們，親自給他們鼓舞。只要這位年輕的領導者還能繼續前進，就不會有戰士抱怨或脫隊。

我們花了四天才爬上山巔。薩比托飛向前方探路，帶回令人欣慰的消息——特拉曼還沒竄出地面。也還沒看到莫達諾軍隊的影子。

如果卡薩的軍隊和特拉曼比莫達諾的部隊先到，我們就得親自阻止他們。如果莫達諾和卡薩的勢力最終在吉巴拉平原對峙，和平軍就可以試圖令雙方展開談判。

我們要不是得獨自對付戴瑞蘭人，就是會被困在交戰的兩軍之間。

兩種狀況聽起來都不怎麼有希望。

卡拉曾說，我們面臨三個挑戰，而那彷彿是幾百年前的事了。我幫忙處理了前兩個，讓奈泰特和渥比站在我們這邊，更別說還有瑞格勒和拉提頓。

但那很容易，是外交問題。傾聽，訴說，堅持不懈。

繼續靠這招夠用嗎？

我想起那天晚上，卡拉在帳篷內說的話：「我們要不就是阻止戰爭，不然就是努力嘗試，至死方休。」

如果最後一個挑戰，也就是作戰階段來臨時——有什麼是我真正幫得上的？

我只是一隻玳恩，我們那一窩的崽子。

連跳進一個蠢湖都不願意的傢伙。

在那之後，我參加過幾次戰鬥。稍微彌補了自己的不足。不過在可能即將來臨的那場戰爭中，我沒有用處。

30 卡拉的決定

抵達隘口最高點時，天空是晴朗的。雪和冰反射的陽光幾乎剝奪了我們的視力，空氣乾但冰冷徹骨。險峻的高山包夾我們兩側，還看不到目的地吉巴拉平原，因為前方還有山峰。

不過，我們找到了一個觀看目的地的據點。某個已被遺忘許久的政權在隘口中央蓋了一道高高的石頭寶塔，長得像窄窄的金字塔，四面鑿出斜斜的通道。

卡拉找了瓦利斯將軍、倫佐、托布和我一起爬上去。幸好小徑夠寬，讓我們可以把辛苦的攀爬工作交給馬兒，至少一路到第二平台為止都不成問題，那是個開闊的平面，離地很高。

「好棒的風景啊！」托布驚呼，「我感覺好像變成拉提頓了！」

「真漂亮。」我表示贊同，而我們一起繫好馬，給馬飼料袋。休息了一下，消除疲勞，原本還沒多加幾件溫暖衣物的人在這時都穿上了。在這令人眼花的高海拔地帶，就

連玳恩的毛皮也應付不了刺骨的風。

那是最後一個平台，大概在登塔路途的三分之二，接下來徒步前進。對我們任何一個來說，爬這段都不是一件簡單的事，不過托布還是用他的短腿拚了命的跟上腳步。

「來吧，渥比朋友。」瓦利斯將軍說：「跳到我肩膀上。」

這不是第一次了，但我還是對托布的能力感到吃驚——他可以迷倒其他物種的危險大塊頭。他現在成為斐利韋和勇猛人類戰士的好朋友了。

我們往上走，拖著身體穿過無情的空氣，最後卡拉停下來了。我用僅存的體力繼續推進，到她身邊，與大家一起站在一個積雪的小平台上。

托布爬下將軍的肩膀，緊緊擁抱我。「離底下好遠呢！」

「是啊。」我試著用冷靜的語氣說，儘管我在心裡計算，跌下山後要過多久才會無可避免的摔死。

從我們的所在位置可以看到一小角吉巴拉平原，上頭沒有雪，就在山更過去的地方，而我們知道特拉曼正在那些山裡挖隧道。他們很快就會像岩漿一般湧出，毀滅所有踏過的地方。

「平原比較晚下雪。」瓦利斯將軍對我們說：「山脈會擋住惡劣的氣候，直到更靠近年末那陣子。」

薩比托飛過我們頭頂，降落在欄杆上。「看到了什麼？」卡拉問。

「三、四十個騎馬的士兵，穿著莫達諾軍的制服。」

瓦利斯將軍罵了一句髒話，眼神燃燒怒火。「肯定是主力軍隊派往前方探路的騎兵斥侯，不妙。如果他們的行動跟大多數斥侯相同，那就代表主力軍隊再過一天就會抵達，頂多兩天。」

卡拉點點頭，表情嚴肅。「莫達諾的軍隊已從南方穿過山口而來，肯定已經得知敵軍的特拉曼攻擊計畫了。」

「那正是我們擔心的。」倫佐說。

「如果特拉曼冒出地面，那麼世界上就沒有力量可以阻止全面開戰了。」瓦利斯將軍說。

「兩軍交戰下，他們會燒掉所有村莊、所有莊稼，奴役所有人。」卡拉揉了揉頸後，「而且還會做出更糟的事。我很擔心那些無辜民眾，他們就像鐵砧上的蝴蝶，等待著鐵錘烙下。」

「要走三天才會到達吉巴拉平原中央。」瓦利斯將軍說，他的嗓音莫名輕柔。

「等到那時候……」倫佐愈說愈小聲。

「等到那時候，我們就會失敗。」卡拉說：「成千上萬人死去。大地會沾滿鮮血。」

「也許甘布勒能夠扭轉戴瑞蘭境內的情勢。」倫佐提出看法。

「也許吧，」卡拉說：「但他來不及的，如果特拉曼竄出地面就沒戲唱了。」

「看來我們沒辦法阻止戰爭。」瓦利斯將軍把話說得很白。

接下來幾分鐘沒人說話，想到即將發生的事，我們的內心便因恐懼而狂亂。

瓦利斯將軍一直都是試圖尋求勝利的軍人，他最先提出建議，「雷比特河流經吉巴拉平原，」他指出這事實。「如果特拉曼剛好從某一頭竄出，而莫達諾的軍隊在另一頭……」

「雷比特河很淺，」卡拉說：「我曾經涉水過河，有幾個河段的水深連我的膝蓋都不到。攔不住任何一方的。」

將軍打算開口回應，但卡拉做了個小手勢請他安靜。她陷入思緒之中，眉頭深鎖，眼睛瞪大。

最後她開口：「瓦利斯將軍，你說我們的軍隊要走三天才能到。如果讓最堅定的戰士騎最快的馬，要幾天？」

托布和我憂慮的對看。

瓦利斯將軍聳聳肩。「強壯的騎士多帶幾匹馬上路的話，也許一天就能到。」

卡拉對他的答案似乎很滿意。「將軍，我很少下命令。大多數情況下，我很樂意將任務交給你，但這個命令只有我能下達——我需要兩匹強壯的馬，由牠們載運一個人類騎士。」她悲傷的黑眼珠轉向我，「以及人類騎士和玳恩的補給品。」

看來卡拉有個計畫，與我有關的計畫。

「碧克斯，妳騎塔布。」她說。

我內心一涼，但還是堅定的點了頭。如果她要我去，我就願意去。

「我們現在叫牠哈啾。」托布說話時耳朵顫動著。「你們還得準備一隻渥比的食物！如果碧克斯要去，那我……」

「是，你也可以去，托布。」卡拉插嘴，「因為你經常帶給我們驚喜。我也早就知道你們形影不離了。」

「人類騎士是誰？」倫佐疑惑的問。

「我。」卡拉說。

「小姐，不行啊！」瓦利斯將軍抗議，「那樣太瘋狂了！」

「呃，將軍啊，」卡拉露出奸詐的笑容，「我們早就拋下理性思考，只剩瘋狂了。」將軍用拳頭捶了欄杆一下。「妳不能親自去冒險！」

「和平軍會盡快跟來，將軍。」卡拉冷靜忽略他激動的反應。

倫佐抓住卡拉的手，那姿態一點都沒有軍人的樣子。「妳一個人可以做什麼？」他質問：「那只是自殺！而且什麼都辦不到。」

「那裡有孩子、老人、平靜度日的農夫。我不能捨棄他們，倫佐。」卡拉說，同時輕而堅定的，將手從他的抓握中抽出。「與其中一方協商也是有可能的，也許可能和兩邊都談。要協商，就有必要帶著真偽辨別者。」

「但妳只帶一隻玳恩、一隻渥比過去，怎麼可能完成什麼？」挫敗，或許甚至還有怒意，使瓦利斯將軍的臉發紅。

「到目前為止，他們兩個做得非常好，帶給我們很大的幫助。」卡拉其中一隻手搭我的肩膀，另一隻搭托布的。「不過我也還有其他好東西。」

話說完，她冷得發青的右手手指環住劍柄，拔劍，高舉過頭。它並沒有發光——只有戰鬥時看得到那個面貌，不過我們都知道它的力量令人屏息。

「我不知道我能做什麼，瓦利斯將軍。」卡拉說：「但我知道不能在一旁袖手旁觀。我或許更像一個盜獵者，而不是什麼小姐。而我的士兵或許是一隻年幼的玳恩和小渥比，」她將劍收回簡陋的劍鞘中。「但你要記住一件事，將軍——我佩帶著聶達拉之光。」

31 恐懼，一個忠實的朋友

我們回到軍中，將軍指示手下，在接近垂直的石牆邊陰影處建立營地。卡拉、托布和我立刻開始做上路的準備。打包時，我的手微微發抖，但不只是因為冷，也因為期待。卡拉需要我的幫助，而我即將要出的任務，有可能改變國家的命運。

最糟的是，我很怕。我怕死了。我試著回想自己給麥克辛的睿智建議，克服恐懼的方法。但那些只是字句，空洞的音節。

這次不一樣。不是要旅行到奈泰特的領土，也不是要找渥比長老協商。這一次，我們很可能再也無法回到同伴身邊。

至於卡拉，她似乎平靜到不行。我看過她這種狀態。一旦做出決定，卡拉總是會心平氣和，不管那是多麼艱難的決定。

她怎麼辦到的？她不怕死嗎？或至少，她不怕伴隨死亡而來的疼痛嗎？為什麼我的內心無法獲得那種平靜？無法確定我的死會有某種意義？

瓦利斯將軍雖然對她的選擇不太開心，但似乎還是順從了那無可避免的決定。不過倫佐又是另一回事了。他匆忙跑走，臉都垮下來了，而且等到我們差不多要離開時才再次現身。

卡拉、托布和我在她的帳篷內細看地圖，在這最後關頭討論後勤問題時，倫佐衝了進來，臉紅氣喘。

「歡迎，」卡拉說：「請進。」

「卡拉，」倫佐的語氣強硬，「妳不能這樣。」

我望向托布，「我們，呃……也許，該出去？」

「留下來。」倫佐發出命令，帶著瓦利斯將軍心情惡劣時的那種權威感。「留下來聽我說。」

「那好吧。」托布低聲說，縮到角落。

「卡拉，」倫佐似乎發現自己在來回踱步，於是停下來。「這是自殺任務。」他說得緩慢又謹慎，「妳會死，碧克斯和托布也會死。妳懂我在說什麼嗎？」

「是，我認為你說得相當清楚。」卡拉並不算在笑，但也不能說沒在笑。

「妳知道我並不反對不智的戰鬥或失敗的可能。」他聳聳肩，「事實上，我還比較喜歡那樣咧。不過卡拉，妳現在要進行的並不是那麼一回事。」

她雙手交叉到胸前，但沒說話。

「妳也知道，我欣賞妳為了信念採取於愚蠢的冒險行動。我喜歡妳荒謬的頑固。我喜歡……」他愈說愈小聲。

「我就是得去做，倫佐。」

他大步走來，抓住卡拉兩邊肩膀。「那就讓我和妳一起去。至少讓我死在妳身邊。」

「倫佐，」卡拉的聲音好輕，輕到我幾乎聽不見。「不行。光是知道我可能會讓碧克斯和托布冒生命危險就夠我難受了。相信我，要不是我需要碧克斯，我不會叫她一起來。但玳恩對我的計畫來說很可能是不可或缺的。而碧克斯走到哪，托布似乎就會跟到哪。」

「妳走到哪，我也會跟到哪。」

「不，」卡拉只撇下一句，「我不希望因為你……欣賞我，就讓你冒生命危險。」

「那算了。」倫佐一動也不動的站在那，盯著卡拉的雙眼。「算了。就照您的意思做吧，小姐。」他突然用很正式的語氣說話。

接著我嚇了一跳（我猜卡拉也是），因為倫佐親了她。她還來不及開口說點什麼，他就走了。

卡拉望向我們，臉上掛著慌張的微笑。「別聽倫佐那樣說，」她說，然後清了清喉嚨，「我們還是有一點點活下來的機率。」

我們並沒有等到天亮，而是在月亮高掛天空時出發。瓦利斯將軍給了卡拉一匹栗子色的種馬，因為她自己的馬似乎傷了左前腳，還在接受照料。我繼續騎哈啾，讓托布坐我後面。我們多帶了一隻馬，運食物、水和燕麥。

「妳的馬叫勝利。」將軍對卡拉說。

「很棒的名字。」她邊說邊拉緊馬鞍上的肚帶。「希望這名字不會變得諷刺。」

我將盾牌綁到馬鞍上，劍垂在我的身體側邊。我準備好了。

我們準備騎馬去阻止一場戰爭，而且幾乎可以確定自己無法活下來。那是我無法逃避的事實——我們要朝死亡邁進。

為了崇高的動機而死，但死終究是死。

我很難不惦記著一個顯而易見的事實——我們做的一切，承受的所有風險，展開的所有冒險，最終都會是微不足道的。莫達諾的軍隊正要挺入吉巴拉平原。特拉曼隨時可能完成山脈下方的隧道，湧入毫無防備的聶達拉。和平軍會比我們晚到，來不及幫上任何忙。

這麼做只會製造災難。

倫佐說得對，我們也都知道。

離開前，瓦利斯將軍和卡拉談了最後一次。我試著傾聽他們的對話內容，但我無法專心，尤其因為我感覺得到托布在我背後發抖。

「我的朋友，你很害怕嗎？」我問。

「一點也不會。」他說起話來像是被掐著喉嚨。「妳呢？」

「完全不會。」我說。我轉頭去看他，然後我們都笑了。那是緊張的笑聲沒錯，非常緊張。但仍然是笑聲。

我們出發時，瓦利斯將軍、藍臉波蒂克和倫佐站在一起，表情嚴肅的看著我們開始往下坡走。我們三個都行了舉手禮。

我們走得愈遠，空氣中的嚴寒減緩愈多。風停了，於是馬身上冒出的熱氣形成一道道纖細的霧網。我們像洛利德飛越雲朵那般穿過。

「嘿。」我說。這也許是兩小時內，我們所發出的第一個字。

「嘿？嘿什麼？」托布質問。我吵醒了他，所以他很暴躁。

「世界上有四種元素，組成我們所知道的一切，對吧？」

「妳為了這個吵醒我？我正在做大吃美食的夢耶，藍甲蟲湯耶。」

我忽略托布。「四種元素是火土水風。所以囉，我從之前就在想，我們對抗了火騎士，我們掉進土壤中的特拉曼洞穴，我們走水路旅行見了帕維詠女王，與洛利德飛行時得知空氣的本質。」

「希望我們不會騎進更多火之中啊。」托布咕噥。

卡拉在馬鞍上轉身。「我聽說，還有第五元素。」

「第五？」我皺眉。

「靈。我們從火得到溫暖和光，從土壤得到穀物和果實，所有的生命都來自水，要是沒有水，有什麼能生長呢？空氣讓我們呼吸，讓我們看得見這世界。不過統合所有的，是靈。如果不了解火土水風，它們就不具備意義。是靈給了我們理解力、好奇心和勇氣。」

「那我們展開這趟致命之旅，是為了理解靈嗎？」我問。

卡拉笑了。「也許吧，碧克斯，我們確實會需要勇氣。」

「我會把勇氣留給妳，小姐。」托布說，語氣還是有點暴躁。他已經好幾個小時沒吃飯了，而渥比可是很愛吃的。「我來當懦弱和恐懼之靈。」

「托布，你很害怕嗎？」卡拉語調輕柔，不帶責備。

「如果碧克斯不在這裡，我會說我並不害怕。」托布說：「但她在這，所以呢，小姐，妳說得對，我很害怕。」

「我也一樣。」卡拉說：「騎馬朝險境前進時，會害怕是件好事。恐懼會讓人保持敏銳，可以幫助我們活命。」

「但妳無視恐懼。」我反駁。

「我從來就不會。恐懼是坐在妳肩膀上，不斷對妳輕聲說『小心點』的妖精。勇敢並不是不害怕。恐懼是妳最忠實的朋友，碧克斯，只要妳沒犯某個大錯。」

「大錯？」

卡拉稍微拉了一下勝利的韁繩。這條路變寬一點了，我們可以並排前進。「那就是——永遠別害怕讓自己陷入恐懼之中。」

托布和我思考卡拉說的話，同時讓馬在稀疏的樹木之間小跑步。

「我不記得，」托布最後說：「我們的朋友卡拉，在成為聶達拉小姐之前有這麼睿智耶。」

卡拉發出懊悔的笑聲。「我真的沒有變得比較聰明啊，托布。」她承認，「不過當別人叫妳『小姐』時，他們往往會忘記這事實。」

「渥比有句俗語，」托布說：「『要長得像樹苗一樣高，別像雜草一樣高。一個會被澆水，一個會被割掉。』意思是……」

「意思是，」卡拉插嘴，「只要你是提供遮蔽的樹木，你要認為自己高人一等就沒差。但如果你是必須被砍掉的植物，就不行。」

「唉呀……說對了。」托布說。

「看吧？」我說：「她真的變聰明了。」

對，聰明，我心想。而且勇氣相當於我們所有人加起來的總和。

不過，卡拉雖然聰明絕頂，她還是沒有玳恩的鼻子。她還沒發現我已經知道的事。

有個騎著馬的人類正在跟蹤我們。

32 埋伏

太陽升起了，我們發現自己正橫越在起起伏伏的山麓丘陵地帶，總算可以加快推進速度了。東、西方各生長著一片森林，不過我們走的小徑穿過農耕用的空地，黑麥、小麥收割後的殘株田。

我們稍做休息，讓馬喝水，自己也迅速吃了一餐。時間還很早，連農夫都還沒醒。或者說，我們是那樣想的，直到聽見了急著想喝奶的牛發出低鳴。

「繼續騎馬前進吧，希望不會被發現。」卡拉提議：「我們不能停下來跟每一個經過的村民交談。」不過就在我們離開道路，打算繞過一個小村子時，托布瞄到一座石塔冒出了煙。火勢相當大，一大捆乾草燃燒著。

「他們在警告其他村民。」卡拉說。

「要他們小心什麼？」我問。

「我們。有些人對於自己村子外的世界不怎麼了解，沒有理由相信陌生人，尤其是

帶劍的陌生人，就更不用說了。」

我沒把那火放在心上，直到我們再次上路，接近下一個村莊時又發現了烽火。距離愈來愈近，然後我們看到十幾個男女排成單薄的人龍，擋在小徑上。大多數人拿著木條和乾草叉。有個老男人手裡有劍，還有一個中年女子拿著長長的矛。

卡拉勒馬。「早安。」

拿劍的男人上前一步。「來人是誰？」

我開口了。「這位是聶達拉小姐，和平軍的領袖。」

「從沒聽過。」他說：「不過我們還沒碰過不搶莊稼、不燒村子的軍隊。」

「你們的謹慎很明智。」卡拉說：「危險確實存在，雖然不是來自我們。莫達諾的軍隊已經進入吉巴拉平原了，侍奉戴瑞蘭卡薩的特拉曼與士兵組成的軍隊也會來到此地。戰爭幾乎就要開打了。將收成藏到森林深處才是聰明的做法，人也該躲起來。」

接近中午時，我們踏上平原，終於將山麓丘陵和山脈甩到身後。我們累壞了，但沿河移動，聽著水潺潺流過石子發出音樂似的聲響，我們感到非常愉快——也鬆了一口氣，因為水袋又可以裝滿了。

我們暫停讓馬喝水，嚼一些泥巴裡長出來的綠色嫩芽。

卡拉的精神似乎很好，儘管空氣中瀰漫著緊張感。「這麼快就來到這麼遠的地方，我們幹得太好了。」她摸了摸勝利的鬃毛，「不過……」

一個奇怪的咻咻聲劃過空氣。托布和我正在檢查哈沃克的腳有沒有卡著石頭，所以我多花了一秒鐘的時間才轉頭去，看看卡拉為何話說到一半打住。

她的眼睛瞪大，驚慌。

一支箭埋在卡拉的胸口。

她舉起一隻手碰觸箭桿，彷彿想確認是不是真的。接著她大喊：「找庇護！」

話才出口，更多弓箭就飛來了。其中一支射中哈啾的臀部，還有一支射中托布的水袋。

卡拉跪了下來。我跳下，抓住她的腰帶，拖著她走，雖然我們無處可躲。我的盾牌還綁在哈啾的馬鞍上，這時又中了一箭。箭桿顫動著，不過箭頭似乎沒有射中馬皮。

一切發生得好快。我試圖尋找攻擊的源頭，但判斷不出來。我認為敵人應該躲在附近的一小片樹林中，不過接著又看到了更多箭閃過眼前，才察覺攻擊來自河上。

有艘由兩個人划槳的小艇在河中央，順流而下。另外還有兩個人在船上，一男一女。不是士兵，我覺得不是。是強盜。

直覺告訴我，他們不打算殺人偷馬，而是發現了更貴重的東西——玳恩。

如果是這樣，他們會盡量避免在我的毛皮上製造出染血的大洞。

我趴到地上，盡可能護著卡拉。船頭靠岸，男人第一個跳下船，拔劍。女人跟進了，她帶著一把大弓和一筒箭。

「小心對待皮啊！」男人提出警告，證實我的想法是對的。十秒內，他們就會襲向我們。我揮舞小劍，我也知道等他們靠得夠近，托布就會發動瘋狂的攻擊，不過他們不是笨蛋。他們瞄到托布了，而且肯定接觸過被激怒的渥比，對這小生物所能造成的危險感到熟悉。

「殺了渥比。」男人下令，女人搭起一支箭。

我聽到後方傳來雷聲般的蹄聲。我絕望的想，又有更多盜賊來了。但我看得出來，襲擊我們的人並不那麼認為，因為他們去面對新的威脅了。

一匹棗紅色巨馬全速奔跑著。「卡拉！」倫佐大喊。

他策馬直接撞上那個劍士，使他倒在泥濘中。男人爬起來，起身，武器在手。倫佐是右撇子，劍士調整重心，待在倫佐左側，打算砍他大腿，或者向上刺倫佐的側腹。不過倫佐也調整了重心，往側面揮劍，砍中對方左手，並將刀子刺入男人胸口。

倫佐勒馬，朝女人和兩個划槳手揮動染血的劍。「來啊，孬種！來跟我打打看啊！」

他們選擇放棄。

女人衝回船上，接著盜賊們發狂似的划槳，回到河水中。

倫佐毫無遲疑的跳下馬，跪到卡拉身邊。

33 就我們所知能做的，只有這些了

托布和我只能看著倫佐熟練而快速的處理傷口。他抽刀切開卡拉的皮背心，給箭桿四周空隙。

「水，乾淨的布。然後要火。托布，你認得巫師之耳嗎？」

「認得！」托布大喊，衝向河邊。

我手忙腳亂的將一個水袋遞給倫佐，然後從馬鞍袋中抽出我的毯子，用牙齒撕下一小塊，同時忍住淚水，試著別讓絕望淹沒我。

我的朋友，卡拉！

在這個充滿遺憾的世界中，她是我們贏得和平的唯一希望。

血液從她的傷口中湧出。倫佐用破布包紮時，她的牙齒不斷打顫。

「我明明命令你待在後方。」卡拉咕噥。

倫佐擠出一個笑容。「有嗎？」

他在卡拉的傷口附近灑了一些水，好看清楚傷口，不過血馬上又流出來了。「給我一支箭！」他急躁的說。

我跑到死去弓箭手的箭筒旁抽了一支回來。「這裡。」

倫佐伸展手指測量箭桿長度，然後檢查箭頭。

「有倒鉤，而且箭桿至少穿了八公分進去。」

卡拉的眼皮顫動著，我一度以為她會失去意識。

「嘿！」倫佐大喊：「保持清醒！」

「我……會試……」卡拉輕聲說，每個字都糊在一起了。

托布跑了回來，氣喘吁吁。他拖著一條綠色藤蔓。「給你。」

倫佐開始拔葉子，拔到五、六片後用雙掌搓揉，直到變成纖維構成的綠色黏糊。

「好啦，」倫佐說：「大家安靜，我要施法。」

倫佐雙手包覆傷口，閉上眼睛，開始輕輕前後搖晃。他說的字我都聽不懂，來自我從來沒聽過的語言。

艾斯基敏　拉茲　德

艾斯基敏　費爾　雅

德林　艾里阿斯

艾里阿斯　洛費

他重複誦唸三次，而卡拉的臉有了變化，換上奇妙的平靜表情。

倫佐睜開眼睛，望向我們，「她會昏過去一陣子，這樣她才不會感覺到下一步。」

托布倒抽一口氣。「什麼下一步？」

「找一塊合我手的扁石頭給我。」倫佐說，把這當成回答。

我知道接下來會怎樣。我之前中了盜獵者的箭後，卡拉曾經救過我一命。

我找到了一塊扁扁的石頭，趕回他們身邊。

「幫忙我把她架起來。」倫佐說。托布和我將卡拉抬成坐姿，而倫佐用她的刀把箭桿切掉，留下一個十八公分的突起。

「兩位，聽我說。」我們聽著。「托布，來，你拿著一些巫師之耳。碧克斯，箭頭移動時，妳要小心抓住，然後拔出來。」

話說完，倫佐拿起扁石敲箭桿的短端，敲到第二下，箭頭才穿過卡拉的背，從肩胛骨下方穿出。血液噴了出來，我的手變得滑滑的，不過我還是用手指緊緊捏住箭頭，將它再拉出來一些，直到我的手可以抓住箭桿本身。

我不得不狠狠的拉，才能將它整支抽出。箭脫離卡拉身體時，我往後一跌。托布敏捷的上前，將綠色草藥敷蓋住流血的傷口。

「幫她鋪張毯子，」倫佐急切的說：「然後生火，快！」

我從來沒有這麼專心敲打火石過。還好現在沒風，一小批引火柴很快就燒了起來。

托布拖了掉落的樹枝過來。沒多久，我們便生起了熊熊燃燒的火堆。

倫佐用火烤卡拉的刀子。我打了個冷顫，因為我知道他打算做什麼。

「她很快就會從咒語中醒來，」他說：「我想在她醒來前完成，這會很痛。」

卡拉調整了姿勢，漸漸要擺脫昏睡的咒語。刀子烤了好幾分鐘，熱度才足以讓倫佐執行他想做的事。

「兩位，讓她躺下。」他指示，「等我說抬，你們再抬她起身。」

托布和我點點頭。

「就快好了。」倫佐對卡拉說。他舉起火紅發燙的刃面，平貼到箭頭刺入身體的那個傷口上。皮膚灼燒的聲音就像是培根在鍋子裡煎。

卡拉僵硬的抽搐，透過緊咬的牙齒發出尖叫。

「抬！」

我們照做了，而他將刀子的另一面貼到她背部的傷口上。這次卡拉發出悶住的喊叫，因為她的臉埋在倫佐的肩膀上。

他移開刀子時，她已失去意識。

倫佐往後坐，看起來憔悴、累壞了。我們三個身上都沾了卡拉的血。

「聽好了，碧克斯和托布。」倫佐說：「你們做得很好。現在我需要你們繼續保持警戒，以免我們又遇到出乎意料的狀況。定時添柴火，也要綁好馬，因為我們會需要牠們。我知道我要求很多，不過我等下會無法幫你們忙。」

我正想問為什麼，結果他已開始前後搖擺，低聲唸出奇怪的咒語。

接下來的六個小時，托布和我繃緊神經。我們拖了木頭過來，餵疲倦的馬，在焦慮的沉默中等待著，而倫佐不斷誦唸。

太陽下山時，倫佐終於往後躺下了。我跑向他，「你還好嗎？」

「我只是累壞了。我將我有的全部給出去了，我不知道那樣夠不夠，碧克斯。」

他的眼皮掉了下來，整個人立刻在卡拉身旁陷入深沉的睡眠中。我們拿毯子蓋住兩人。

就我們所知能做的，只有這些了。

34 戰爭逼近

托布和我輪流站夜哨。我們沒看到什麼該提防的——沒有村民、盜賊、斥侯，不過任何聲音都會令我們神經兮兮。

倫佐在黎明時醒來，卡拉幾乎動都沒動。「你覺得她狀況如何？」我在倫佐用手感受她額頭溫度時問。

他思考了一會兒，揉揉下巴。當他回答時，他的聲音小到只有托布和我聽得見，「我擁有當小偷時學會的法術，不過治療不是我的強項。如果傷口沒有化膿，她大概會活下來。不過要過一陣子，她用劍的那隻手才會復原。她也許永遠無法恢復原本的肌力了。」

托布端了一杯茶給倫佐。「還有機會……」他開口，「我是說，如果只有我們四個，而且卡拉受傷的話……我們還有機會，呃，戰勝嗎？」

倫佐發出了毫無幽默感的笑聲。「原本就已經機會渺茫，現在又更沒有勝算了。」

他望向我，「我無法對玳恩說謊。」

幾分鐘後，卡拉醒了，痛得發出哀號。她喝了一小口水，發出呢喃的音量。「我們得騎上馬。」

「妳已經在下命令啦？」倫佐聽到她的聲音顯然開心過了頭。

「我們沒有時間可以浪費了。」卡拉說。她的表情扭曲，衣服上沾滿自己的血，但她堅定的眼神讓我們知道，沒得商量。反正我們也知道她說得對。

我們安靜打包。前一天晚上，托布和我好不容易取出了哈啾臀部的弓箭，並縫起傷口。不過我可憐的小馬有點跛腳了，我於是改騎運貨的馬，免去哈啾的負擔。

至於卡拉，她堅持一個人騎馬。經過一番爭論後，倫佐退讓，將卡拉抬上勝利。令我們佩服的是，她成功坐直了身體，但動作很勉強。倫佐帶頭，卡拉跟在後方。她的意識不時會飄進睡眠中，於是托布和我騎在勝利旁邊，守著她。我們奮力前進，就算在卡拉痛到叫出聲時也一樣。看來，她似乎還沒放棄，但倫佐的表情非常沉重。

鄉間平靜到令人發毛。人類在世界的這一帶已經生活很久了，而且非常珍惜這塊土地。農田上犁出完美直線，四面有溝渠圍繞，可以排掉大雨積水。我看到維護得很好的木頭圍籬、低矮穀倉和掛鎖。這村莊沒有圍牆，沒有武裝人員。這塊土地已經度過好幾年的和平時光了。

如今，戰爭就要來臨了，而我們是通報者。帶著劍和盾牌進入這寧靜的地方，我總覺得自己破壞了平靜。

我們往北騎，朝向我們推測特拉曼將發動攻勢的區域。這一代很少有山丘，當我們登上其中一座時，注意到身後地平線有一抹黑影。倫佐比較有經驗，皺起了眉頭。

「那想必是莫達諾的軍隊。」

卡拉只點了個頭表示同意。

我們花了一整天才到達目的地。「等到早上，那支軍隊就會趕上我們，甚至還可能更快。」倫佐說：「我們得保持低調，今晚不能生火。」

我們在河邊找到一叢荊棘，決定在那裡紮營。夜晚降臨後，莫達諾軍隊的營火像螢火蟲那般閃爍著——數量有好幾百，甚至更多，距離我們半里格遠。他們的士兵想必會煮燉湯、泡茶，在營火旁暖過身子後進帳篷睡覺。

我們的補給品還很充足，因此吃得相當不錯，不過夜晚潮溼冰冷，我們三個窩在卡拉周圍，盡可能讓她保暖。

到了早上，有根腳趾戳了我的背，讓我醒來。

「嗯？」我說：「怎麼啦？」

我抬頭看卡拉，她看起來蒼白極了。面無血色，臉頰凹陷，頭髮打結。不過她靠自己的力量站著，雙手插腰。

我們喝河水，迅速吃了冰冷乾枯的燕麥當作早餐。就在準備離開時，一隻拉提頓飛在我們遙遠的上方。我拍了一下倫佐，而他和我一起盯了一會兒，擔心那老鷹可能是莫達諾的間諜。不過他移動到較低處盤旋時，托布大喊：「是薩比托！」

薩比托降落到一棵灌木上。看了我們一眼，然後問：「怎麼啦？」

「小姐被一幫盜賊襲擊了。」我解釋，「她受傷了。」

我們簡短說明了一下。我們很趕時間，他也是。

「你們視力不算好，」薩比托說：「不過你們還是看到莫達諾的軍隊了，沒錯吧？」

「對。」倫佐點點頭。「我們知道。」

薩比托歪了歪頭。「但你們還是要繼續前進？」

「我們聽小姐的命令行事。」倫佐回答。

「合你意的時候才聽。」卡拉擠出一個隱隱約約的微笑。

「小姐，請原諒我這麼說——這實在太瘋狂了。」薩比托驚呼，「我們必須帶妳到安全的村莊，讓妳療傷。」

「現在沒有村子是安全的，」卡拉說：「如果莫達諾沒仗可打，他就會派手下去燒殺掠奪。對，就算搶劫的是自己的人民也一樣。」

薩比托沒反駁。「瓦利斯將軍正在拚了命的推進和平軍，馬不停蹄，但他們還是需要一天才會到。」

「莫達諾還沒發現他們嗎？」卡拉問。

「還沒，小姐。莫達諾派了一群剃刀鷗去探勘鄉間地帶，不過呢，嗯，我的朋友和我解決了這些飛天鼠輩。」

「很好，」卡拉說，她現在的聲音像是原來版本的影子，很沙啞。「做得好，薩比托。現在呢，我得請你幫更多忙。」

「我能為您效勞什麼呢，小姐？」

「你能不能飛到前頭去，一看到特拉曼冒出地面的第一眼就折回來？」

「當然可以。」薩比托回答：「樂意至極。」

「那就去吧，我的朋友。時間所剩不多了，希望愈來愈渺茫了。」

薩比托立刻展翅飛走。「上馬。」卡拉下令。

「卡拉……」倫佐開始想和她爭論。

卡拉舉起一隻手。「別逼我用僅存的力氣跟你辯，倫佐。」

我們回到馬背上，繼續前進。接近中午時，天空中出現了一個斑點——是薩比托，全速翱翔的薩比托。他似乎連降落的時間都省去了，只在我們頭上尖啼，「特拉曼！破土而出了！卡薩的軍隊緊跟在他們後方，有騎兵和步兵！他們移動得很快。」

我們全速飆進。回頭看，可以清楚看見莫達諾的軍隊。特拉曼突破地表的場面也愈來愈清晰了——山坡低矮處，有個洞愈來愈大。遠看不過像是螞蟻的黑色，正從洞中湧上地面。

卡薩軍和莫達諾軍迅速拉近雙方之間那幾英里的距離，打算大開殺戒。戴瑞蘭和聶達拉的戰爭就要開打了。

35 一觸即發

薩比托繼續評估著不樂觀的局勢，停留在卡拉身旁的空中報告他的一切發現。我們後方來了兩萬名莫達諾步兵，還有三千名騎兵，好幾排弓箭手，還有力大無窮的動物拖著攻城塔、拋石機、戰車。

從北方衝向我們的，則是成千上萬的特拉曼，像昆蟲群般一視同仁的吞沒作物和農夫，毀滅所靠近的一切，而在他們身後的是戴瑞蘭大軍，距離遠比我們想像中更近。

逃跑的難民開始靠近我們身邊了，許多人受了傷，所有人都嚇壞了，身上帶著匆忙收拾的少量行李。他們趕著牲畜，將孩子放在推車上，盡速前進。他們根本不知道自己正衝向聶達拉大軍，而這支軍隊對待他們的方式不會比戴瑞蘭人來得溫和。

這祥和的田園地帶，即將變成恐懼的地盤。

「薩比托！」卡拉呼喚。他俯衝到附近，她便開口：「莫達諾本人有沒有跟著軍隊出征？你看到了嗎？」

「有幾百個奴隸扛著一個大台子，可見應該是他。」

「現在聽好了，薩比托。」卡拉在勝利背上調整姿勢，頓時痛得眉頭深鎖。「去看看卡薩是不是也親自上陣了。」

薩比托飛走後，倫佐問：「妳有什麼打算？」

卡拉搖搖頭。「我只是好奇。」

我聽到了一個謊言，不過我什麼也沒說。

薩比托很快就回來了，並回報——卡薩也親自出征了。「是卡薩沒錯，」他補充：「除非世界上還有其他又醜又大、被嚇壞的奴隸團團包圍的灰色斐利韋。」

「你能不能推算出兩軍相會的地點？」倫佐問。

「前面有個小村子，大約在四分之一里格外。我不知道村子的名字，不過我遇到的一隻藍色松鴉說，那裡的外圍區域叫索拉基維爾特。那是古代語地名，意思是『屠殺原野』。」

「我還真會問問題啊。」倫佐咕噥。

「好幾個世紀以前，那裡有過一場大戰。」薩比托解釋。我們的馬飛奔著，但他還是完美的飛行在旁邊，與我們並排。「西方有個亂葬崗，靠近村子的地方還有石頭祭壇。」

「那我知道該怎麼做了。」卡拉說，並將手擋在眼睛上方遮光，望向遠方。「希望今天結束前，那片原野會得到令人振奮一點的名字。」

我們都不相信事情會那樣演變，但還是繼續前進，催促可憐的馬兒跑出當下最快的速度。我們很快就經過了亂葬崗，在我們左手邊，有的地方有十個人那麼高。

「這種向死者致敬的方式好怪喔。」托布表示。

「喔？那渥比都怎麼做？」我問。

「唉呀，當然是用最合情理的方法啊。我們死了，就會被扔進瀝青湖裡。」

聽起來並沒有比亂葬崗好到哪去，不過我沒說什麼。

「你們看！」倫佐大喊，指著前方。

遠方的特拉曼群鼓成了一個矮丘，像潮水一樣湧來。那不算是一個隊伍，更像是一個巨大昆蟲裝甲軍團毫無秩序的在衝刺，每個士兵的體積都是我的好幾倍大。

莫達諾的軍隊也看見他們了，於是匆忙排列成一個井然有序的步兵方陣，創造出某種會移動的巨大棋盤。方陣的每個邊大約都有十名士兵，內側人數更多，而且中央有三名騎馬的軍官。大部分士兵都佩戴巨大的銀矛。第一排方陣後面有三排弓箭手。

「他們在做什麼？」倫佐發問，朝一大群奴隸抬了一下下巴。他們正在把巨大的木樁打入地面。

「他們打算朝特拉曼發射帶刺的石弩箭。」卡拉說：「箭有繩子連接木樁。他們希望靠這招困住特拉曼。」

「會有用嗎？」我大聲提出疑問。

卡拉沒回答，將目光移到戴瑞蘭軍隊身上。那些戰士自己也排成了隊列，每個隊伍大約有六、七隻特拉曼。這可怕的攻擊大隊後方站著一大排矛兵，更後面則有一個裝著輪子的俗豔轎子，由奴隸披著粗麻挽具拖動，上頭有隻巨大的斐利韋在來回踱步。是卡薩，背叛同族的瓦爾提。

我勉強看得到聶達拉隊伍的遙遠另一頭，有幾個火騎士。我數了數只有六個，但個人經驗告訴我們，這些騎士比任何人類都還要危險多了。他們放低的長槍尖端有活生生的火焰，它有知覺，而且致命。火肯定會被用來對付特拉曼，因為特拉曼難以用刀劍殺死，對火焰卻沒有抵抗力。

聶達拉軍隊開始歡呼了——莫達諾！莫達諾！

另一頭也響起嚎叫聲作為回應，那是人聲和特拉曼發出的古怪嘎吱聲混合成的聲響。

卡拉深呼吸。「孩子，準備好了嗎？」她對勝利低聲說，而牠發出馬嘶回應。

左邊是戴瑞蘭的大隊，右邊是莫達諾的軍隊。前方的道路很清楚，而且毫無希望。空氣似乎充滿期待和恐懼，為之顫抖著。卡拉將勝利掉頭，背對戰場，面對我們。

「各位朋友，這不是我所希望的最終劇本。我原本想要找機會跟莫達諾和卡薩會談。一方面打算以和平軍威脅他們，另一方面打算給他們更美好的未來。但我們的軍隊離這裡還很遠，因此我得走不同的路。」

「卡拉……」倫佐沒能和她爭辯什麼，只呼喊了她的名字。

「不管發生什麼事，你們都要確保自己的安全。這是我下的命令，而你們要遵守。」她下令時用了強硬的語氣。「你們每一個都是我最親愛的夥伴。只要相信你們會……活著，我就能得到勇氣。」

「卡拉，」倫佐再度勸退她，「妳的右手，握劍那隻手，很虛弱。」

「他說得對。」我說。

「任何揮舞聶達拉之光的手，」卡拉說：「都不虛弱。」

倫佐閉上眼，托布擦去一滴眼淚。

「我的命運是屬於我自己的。」卡拉說。「你們要知道我愛你們每一個，」她補了一眼，專門給倫佐的，「雖然愛的方式不太一樣。」

接著，卡拉將馬掉頭，面對即將來臨的戰鬥。「呃，勝利，那麼就讓我們看看你是不是馬如其名了。」

勝利向前躍進，帶著聶達拉小姐單槍匹馬奔向廝殺的戰場。

或者說，她原本會獨自過去，如果杜那——我駝行李的那隻馬，沒有將腳邊枯枝錯看成蛇的話。牠發出恐懼的嘶鳴，然後做出任何受驚的馬在當下會做的事——隨著強壯的馬狂奔而去。

卡拉快步向前，而我和托布跟在她的後方。

36 卡拉的挑戰

兩軍逼近，他們放慢了腳步，為即將展開的進攻調度組織。雙方將軍把各單位當成玩具般挪來移去。

我們的右方坐落著聶達拉方陣，宛如一隻豎起鬃毛的豪豬，我們的左方則有躁動個不停的特拉曼，他們一再碾磨著巨大的下顎。兩軍中間的空間是一片長著灰白雜草的泥地，它愈縮愈小了。雙方距離大約是五十匹馬的馬身。

卡拉騎到泥地正中央，停下勝利。她聽到杜那的蹄聲，轉過頭來，才終於發現托布和我跟著她。

我原本怕她會大發脾氣，結果她只朝我們點了一下頭，彷彿我們達成了什麼祕密約定。我猜她總算接受命運的安排了，一隻沒用的玳恩和渥比，就是會加入她崇高的自殺式行動中。

卡拉的臉頰凹陷，眼睛蒙上一層疼痛。她的右手舉到身體附近。我看到她的皮背心

上有個紅點，傷口的血從那裡滲出了繃帶。然而，她還是在馬鐙上站了起來，發出我從未聽過的嗓音。迎接她到來的是困惑的沉默，因此她的聲音傳得很遠。

「請聽我說，聶達拉和戴瑞蘭的軍隊。我是卡拉珊德．多拿提，聶達拉小姐，和平軍領袖。這隻軍隊由熱切的戰士和活力十足的馬匹組成，正在逼近此地。」

大家紛紛轉頭，尋找這第三支軍隊是不是已經現身了。

「我是為了停戰而來。」卡拉說：「你們都不想死，但如果你們繼續讓腐敗又愚昧的領導者作主，你們就會死去。你們會為他們而死！為一隻瘋狂、背叛同類的斐利韋而死，或者為一個軟弱且貪婪、已成全物種公敵的人類而死。」

士兵都在聽她說話。至少人類都在聽，特拉曼我就無法判斷了。

「我知道你們這些特拉曼侍奉卡薩，」卡拉接著說：「只是因為他控制了你們的糧食，用飢餓來威脅。」

現在我很確定特拉曼都聽見了。卡薩肯定擔心了起來，因為我看到一個騎士從轎子旁邊飆到了前線。由肢體動作來看，那騎兵顯然在傳達卡薩的憤怒和威脅。

不過，莫達諾顯然也不開心，因為他失去了制敵的先機。突然間，一支箭從聶達拉的軍隊中射出。

「小心！」托布尖叫，而我的心一涼。

卡拉用膝蓋頂了一下勝利，而牠即刻轉身。蹙著眉，她抽劍打下弓箭。

「不要服從這兩個邪惡的領袖！」卡拉說。不過我看得出來，軍官開始取回他們的指揮權了，而卡拉當然也看得出來。小號在任何時刻都可能響起，作為進擊的信號。

「我要求舉行古代的戰鬥儀式！」卡拉說：「在古老的年代，兩軍相會時，雙方領導者會同意各派一個菁英戰士，讓他們對戰，避免大屠殺。我在此挑戰莫達諾和卡薩！我要他們和我對戰。如果他們不是懦夫——我再說一次，如果他們不是懦夫，那就上前對付我！這兩個偉大的領袖當然不會害怕區區一個小女孩。」

聽到她這麼說，我感覺到驕傲和恐懼混合成的情緒。她，我們的卡拉，多麼勇敢啊。多麼傻啊。

率先回應的是斐利韋的吼叫，聲音大到地面彷彿都顫動著。第一排特拉曼讓開了，而現身的正是卡薩，他與卡拉之間只有斐利韋跳躍三次的距離。

他的毛色是雨雲灰，臉上有黑色花紋。而且他體型巨大，比甘布勒大了一點五倍。當他擺動尾巴時，我看到尾巴的末端有一把銀色刀刃，長度幾乎，呃，和我的身高一樣長。當他伸爪時，那些爪子也發出了銀光，為斐利韋腳爪的恐怖添上金屬質地。

「妳要挑戰我嗎？女孩。」卡薩怒吼：「我會活活吞下妳！等我擺平妳，我也會用同樣的方式對付那個叫莫達諾的傢伙！」

所有人的注意力都轉移到聶達拉那方了。我多少期待看到莫達諾神氣的出現在眾人面前，不過他可以選擇親自應戰或派出戰士。他畢竟是個懦夫，選擇了後者。

一隻醜陋的生物邁著大步經過聶達拉方陣，朝我們走來，弓箭手紛紛讓出一條路給他。身型巨大，身高不只七英尺，雖然像人一樣用兩條腿走路，卻不是人類，或至少不完全是。

他的手臂很長，長到末端為彎爪的手指都拖地了。他的腳很短，但強而有力，像樹幹。他穿著閃亮的銀色鎧甲，但藏不住下方的古怪畸形——身體太長，腳太短了。

不過更加令所有人嚇破膽的是，獠牙從他無脣的口部下方伸出。那是顆眼鏡蛇的頭，不會錯。

那畫面太嚇人了，因此我一開始沒發現那生物後方幾步之外，站著莫達諾本人。他看起來跟我記憶中的模樣相同——年輕，頭髮烏黑，留著修剪過的鬍子。他穿著加內襯的道布雷特上衣，外頭披著閃閃發亮的金色鎖子甲。

「好好看看我的鬥士吧！」莫達諾大喊：「為各位獻上奇美拉！」

37 瘋狂小貓與膽小人類

我望向卡拉，以為會在她身上看見我所感受到的冰冷恐懼。結果她的表情帶著輕蔑。

「你是懦夫！」卡拉喊叫。她的聲音愈來愈虛弱，但還是很堅定。「你和你的巫師都已經打算毀滅所有不願屈從的生物了，還創造出了這種可憎之物。」

莫達諾不為所動。「我曾經饒妳一命，女孩，但今天我不會可憐妳了。奇美拉將會毀滅妳，以及那邊那隻自稱卡薩的瘋狂小貓。」

我望向卡薩，看他會對這嘲弄採取什麼反應。不過他的心思不在那裡，因為有隻斐利韋似乎在他耳邊說悄悄話。

我幾乎按捺不住我的震驚。

我認得那隻偷偷對卡薩咬耳朵的斐利韋。

甘布勒？甘布勒背叛我們了嗎？

娜莉絲也在。他們的脖子都戴著一條金鍊，上頭有塊細工飾牌，牌面有個字母**K**。代表卡薩的**K**。他的守衛制服上有著同樣的紋章。

「碧克斯。」托布低聲說。

「我看到了。」

「他不會的，」托布口齒不清的說：「他不可能。」

我拒絕接受那可能性。

卡拉再度扯開嗓門。「戴瑞蘭的戰士，你們願意為這種領袖而死嗎？他被同族流放，是受鄙視的瓦爾提。他是發狂的斐利韋，毫不猶豫就會將你們當成飯菜吞了。「還有你們，聶達拉的戰士。這個懦夫，這個莫達諾，為你們、你們的家人、你們的村落做過什麼？他奪走你們的財富，用來打他的仗，然後搗毀土地，殺死所有不願意當奴僕的人。他是所有物種的公敵，也是人類之敵。」

「她說得對，聶達拉人。」卡薩說：「看看我的軍隊！你們想當這些特拉曼的食物嗎？」

「你這蠢蛋。」莫達諾回答：「你還不知道在我們說話的當下，我的海軍正在逼近你的海岸。我會燒了你的宮殿，殺光你的人民！」

「事實上……」

我還來不及阻止自己，這些字句就冒了出來。我窘迫的瞄了卡拉一眼，但她只輕輕點了一下頭，催我繼續說。

「事實上，」我又從頭說起，這次大聲了點。「奈泰特帕維詠女王已承諾不讓任何聶達拉海軍靠近戴瑞蘭了。」

「你說謊！」莫達諾大喊。

「我代表聶達拉小姐搭乘水底船艦，與帕維詠女王進行了會談。女王不容許溺死屍體像雨水一樣慢慢降落到她的城市。」

莫達諾用力吞了口口水，然後瞄向奇美拉尋求慰藉。奇美拉的分岔舌頭探了出來，又縮回去，出來又回去。

「那麼我就贏定了！」卡薩狂喜。「我得謝謝妳，女孩，還有妳那隻會說話的狗。沒有了海軍，這可悲的生物，這弱小又無膽的莫達諾，很快就會被鎖鏈固定在我的城堡牆上，非常緩慢、非常痛苦的死去。」

我注意到，卡薩背後的甘布勒和娜莉絲身旁多了一隻更年輕、毛上有斑點的公斐利韋。

「在雙方開戰前，」卡拉說：「你們得先過我這一關。」

「妳？」卡薩質問：「我會吃了妳當作上午的點心。妳哪裡來的啊，愚蠢的人類女孩？竟敢挑戰我？」

「我統治這片土地。她挑戰的是我。」莫達諾憤怒的吼道：「不過我要問同樣的問題。妳這無名小卒、一無是處又荒唐的小孩是哪根蔥？膽敢用妳想像的軍隊來威脅我？」

兩邊軍隊都開始叫囂、嘲弄卡拉。她靜靜坐著，低著頭，直到他們笑夠為止。然後她點點頭，彷彿同意他們的說法。

「我是誰？我是多拿提家族的卡拉珊德。還有一件事，我同時也是……」她暫停，抽出劍，高舉空中。「……聶達拉之光的繼承者！」

接著，刀刃現出了真面目，散發出炫目的光線，使得許多人別過頭去。

「我以此劍之名，以所有物種和所有土地上的自由個體之名，向你，瓦爾提，也向你，懦夫手下的可憎生物，提出挑戰。我要終結你們的戰爭，以及你們的統治！」

卡薩受夠了。他收縮肌肉，往前一跳。

那不只是跳，那是飛躍。

那不只是斐利韋的跳躍。他們一般的跳耀確實驚人，不過卡薩的跳不只是展現肌力與優雅——那是法術。將所有事物留在地面上的作用力彷彿停止了，只見卡薩飛了三十英尺遠，畫出一個大大的弧，然後落向卡拉。

他就跟勝利一樣大。我看到他的下腹飛過我頭上，他伸出爪子，黃色眼珠燃燒怒火。

卡拉怎麼能那麼冷靜的坐在馬上？

勝利怎麼能抗拒後退逃跑的念頭？

聶達拉小姐看著那隻大貓，計算出正確的時機，催促勝利往前衝。他們只前進了幾英尺，但已足以讓卡薩飛過他們頭頂，沒造成任何傷害。他降落時展現出斐利韋特有的平穩自在，然後轉過身去。

他背對奇美拉，而那爬蟲般的生物看到了進攻的機會。他往前一蹦，高舉短矛過頭，打算刺向卡薩的背部。

「受死吧！」奇美拉的嗓音帶著嘶嘶聲。

卡薩被逼得重心不穩，往旁邊一扭，但幅度不夠。奇美拉的銳利刀刃在卡薩側腹畫出一條紅線。

那隻瓦爾提斐利韋徹底忘了卡拉。太好了，我心想，讓那兩個殺人魔互相殘殺吧。不過那不是卡拉的計畫。她騎著勝利跑進奇美拉和大貓之間的空隙。

「停！」她大喊。

奇美拉和卡薩都嚇了一跳，真的停下來。吃驚的還不只是他們。震驚的情緒像漣漪般在兩軍之間擴散開來。

「你們對打之前，」卡拉說：「先跟我打。」

「不，卡拉，」我低聲說：「不要啊。」

吃驚的低語變成了憐憫的悄悄話。我聽到各種版本的「她瘋了」，而且兩方都有人這麼說。

「我要給你們一點獲勝的機會，雖然是非常渺茫的機會。」卡拉補充，「我要一次對付你們兩個。」

38 騎著大馬的小女孩

群眾安靜了下來。

就在剛才，一個騎著大馬、只有一隻「狗」、一隻渥比同行的小女孩，汙辱了世上最危險的兩個生物。

「先跟我打。看看你們哪隻大野獸有膽識和武藝可以接我的招。」卡拉說：「然後，你們其中要是有誰存活下來……」她聳聳肩，兩軍都發出緊張的笑聲。「要接受我的挑戰嗎？別忘了我的玳恩同伴會知道你們有沒有說謊。」

「我很樂意先宰掉妳。」卡薩用過度彬彬有禮的態度說。

「如果我先得手，你就辦不到啦！」奇美拉大喊，衝向卡拉。他打算將短矛刺入卡拉的心臟，原本幾乎是一定會成功的，結果卡薩伸出快如閃電的爪子絆倒那怪物。

奇美拉倒在泥巴裡，臉朝下。

卡薩衝向卡拉，我倒抽一口氣。

卡拉對勝利說了一個字，牠便將頭垂到地面。她滑下牠的脖子，落地時雙手握著聶達拉之光，劍尖指著前方。

卡薩看到劍尖，運用驚人的力量和速度在空中改變軌道。不過卡拉不只打算讓那大貓踉蹌，那樣她不會滿足。她預判他的動作，水平一斬，刀刃揮向卡薩。他的左肩撞上了卡拉的武器。

傳說中的聶達拉之光並不只是個象徵物，它擁有冶金術和法術所能造就的最高鋒利度。此時它深深砍進卡薩的肩膀。他像一袋麵粉般落地，毫無貓咪的優雅。

不過卡拉沒時間利用這個優勢。奇美拉站起來了，他衝向她，彷彿打算要踐踏她似的。勝利跨到他面前，承受了他的撞擊力道。奇美拉體型壯碩，移動態勢又猛，使得勝利側倒在地，發出震驚的嘶鳴，這時聶達拉之光剛好快又狠的揮下，咬中怪物的手臂。

奇美拉的右手落地，群眾看得倒抽一口氣。血液像雨水一樣噴濺出來，而他發出萬分痛苦的吼叫。

「我要活吞妳的眼睛！」他喊道。

卡薩受傷了，奇美拉也是。不過卡拉也有傷，雖然她藏得很好，奇蹟般的好。她從自己的寶劍和不屈的意志中獲得了力量。然而，我還是知道沾在她皮背心上的血大多是她自己的。我還看到她每一個動作都會伴隨痛苦的緊咬牙根。

奇美拉不太能接受自己失去了手臂。他發出嘶聲和咆哮，還從地上撿起斷臂，試圖裝回去。「莫達諾，你的奇美拉就跟你一樣笨。」卡薩嘲弄對方，不過自己也盡可能避免動到左半邊身體，明眼人都看得出來。

我感覺到兩軍之間瀰漫的氣氛改變了。原本沒人認為卡拉有能耐重傷兩名敵手。希望帶來的顫抖貫穿我全身，但我知道這太瘋狂了。

托布推了我一下，我順著他的視線看過去。甘布勒正在對身上有斑點的年輕斐利韋說悄悄話，後者迅速消失在卡薩軍中。

卡薩在憤怒跺腳的奇美拉後方，這時起身撲向了卡拉，但動作並不優雅。他肩膀上的刀傷使他的動作變得笨拙——笨拙，但依舊駭人的危險。

卡薩衝上前，卡拉閃躲。他並沒有失去任何殺戮本能，但試圖摺倒她時，被迫用了受傷的那側當支點，結果摔得四腳朝天，一度失去防備。

卡拉等待的就是那一瞬間。她雙手高高舉起聶達拉之光，發出耀眼光芒，接著她擠出僅存的所有力氣，往下一劈。

劍砍得很深。卡薩胸口開了一道紅線，接著他側倒下來，當場死亡。

卡薩的貼身護衛湧上前來，同時拔劍。不過在他們意圖殺死那個殺了主人的女孩之前，兩隻斐利韋先擋住了去路。他們豎起背毛，露出尖如剃刀的牙齒。

「那是單挑。」娜莉絲冷靜的說：「沒你們的事。」

護衛長朝娜莉絲揮劍。甘布勒準備撲向他，不過娜莉絲已經跳到了對方身上，前爪穿入他的身體側面，牙齒咬進他的喉嚨。

不過，卡薩的護衛並沒有那麼容易被嚇倒。娜莉絲無暇理會他們，因此他們認為對付一隻大貓有勝算。

不過接下來他們就不覺得有機可乘了。斑點斐利韋跳到甘布勒身旁，還有另外三隻同伴加入戰線。

卡薩的護衛訓練精良，士氣高昂，經驗豐富，不過需要莫大的勇氣才有辦法單獨面對一隻斐利韋。對付六隻斐利韋則是蠢蛋或徹底的瘋子才會做的事，而那些護衛不笨也不瘋。

他們不情不願的退後，拖走剛剛挑戰娜莉絲那名護衛長的屍體。

甘布勒和他的斐利韋小隊將那些護衛趕回後方的軍中，追得他們在特拉曼下方踉蹌、連滾帶爬。

「卡薩被幹掉了！解決那個女孩！」莫達諾欣喜若狂的喊道。

「是啊，解決我。」卡拉對著那獨臂爬蟲說。

奇美拉往前跨了一步，彷彿打算衝向前方，但那是虛張聲勢。實際上，他擲出了短矛，以可怕的準確度擊中卡拉原本就有的傷口附近。

「啊！」她大叫，跪了下來。

奇美拉瞬間撲到她身上，用剩下那隻手猛揍她。卡拉在奇美拉的巨大身軀下顯得好小，力氣逐漸流失。我很確定，她就要死了，那篤定的感覺讓我好難受。

卡拉雙膝跪在泥濘中，一隻手廢了，肩膀插著一根矛，將她往下拖，鮮血染紅四周地面，但她依然用最後的力氣揮了聶達拉之光。我聽到金屬擊中骨骼的聲音。

卡拉試圖站起身，但那對她來說太困難了。她望向我，而我看到她的眼神，苦惱的眼神。

「對……不起。」她說。她仰倒成地上的一個大字，閉上眼睛。

「不！不……！」托布大喊，而奇美拉聳立在她上方，我感覺心臟在我身體裡萎縮了。

「還別死，女孩！在我挖出妳的心臟前，可別死啊！」怪物尖叫。

在無意識的邊緣，甚至可能是垂死的時刻，卡拉在奇美拉打算撕裂她的瞬間挪動劍。她只能勉強垂直往上一舉，將劍柄放在地上，除此之外做不出別的動作了。

奇美拉向群眾揮手，散發出戰勝者的得意洋洋。他向莫達諾點頭，準備跪到卡拉癱軟的身體旁，爪子已打算做出最惡劣的舉動。不過他心不在焉，而卡拉並沒有。

他過了一會兒才發現，他將自己插到卡拉的劍上了。

他只吃驚的說了一個字，他的最後一個字：「妳？」然後就倒臥在地了。

卡拉無助的躺著，劍深深埋入奇美拉扭動不停的體內。

莫達諾顯然非常心慌，最後似乎鼓起了一丁點勇氣。他推開四周的守衛，抽出鑲滿寶石的劍，走向卡拉。

我聽到倫佐大叫：「卡拉！」並且策馬前進，不過人群圍了過來，他的路被擋住了。

我尋找甘布勒。他消失了，不知在戴瑞蘭軍隊中的什麼地方。

倫佐和甘布勒都趕不上。

沒有誰能夠阻止莫達諾殺死聶達拉小姐。

除了一隻手握小劍的小玳恩，以及她忠實的渥比夥伴。

39 最終的戰鬥

我們跳下馬。我內心某處浮現出我們此刻的模樣，那一定是旁人看來十分荒謬的身影——兩個小生物面對著大軍。

我們站在卡拉面前，彷彿有能力保護她似的。她就躺在我們身後，筋疲力盡。而莫達諾，這個聶達拉最有權力的人，毀滅許多珉恩聚落、使我們瀕臨絕種的暴君，則低頭對著我賊笑。

「我得先殺掉你們兩個囉？」莫達諾問。

「對。」我勉強用氣音說。我口乾舌燥，緊縮的肚子像是打結了。

「嗯，那麼……」他反手揮劍，打算攔腰砍斷我的身體。我踉蹌後退，那一劍剛好砍在我的盾牌上，純粹是我運氣好。

托布陷入渥比的狂怒狀態，衝向莫達諾，爬上他的鎖子甲，來到他頭頂，又抓、又咬、又尖叫。托布盡力了，但莫達諾的劍尖勾住他，將他拋到幾英尺外。他重重墜地，

然後就不再動了。

「托布！」我尖叫，舉起劍，有點希望莫達諾會像奇美拉那樣刺穿自己的身體。他嗤之以鼻，幾乎只是隨意扭了一下手腕，就打掉了我的劍。那把小劍飛了幾英尺遠，掉進泥坑裡。

我完全沒有半點機會搆到。

「碧克斯。」卡拉的聲音痛苦又氣喘吁吁。我瞄了她一眼（這是我唯一能做的事，因為我忙著準備受死），結果發現她遞了一樣東西給我。

莫達諾高舉著劍，嘴角仍上揚著，打算殺了我之後殺死卡拉。接著再殺死成千上萬的生物。

劍柄！

卡拉將她的劍柄遞向我。

我快速退後兩步，同時盯著莫達諾。握到了，那感覺等於是跳進我的手中。

我抓的手勢不好——反手握著，更像在握矛，而不是劍，不過沒有我想像中的重。事實上，我不只覺得它輕，甚至覺得似乎有生命。

莫達諾的劍揮下來了。我往前撲，進而降到致命刀刃的內側，同時舉起右手，握著聶達拉之光的那隻手。

莫達諾發現了，太遲了。他來不及停止自己的動作，或者抑制前進的動能。劍尖距離他心臟剩幾吋時，他猛力旋轉雙臂，像是站在懸崖邊的人。

他停不下來。最後以五公分深的刀刃劃開他的金色鎖子甲，他上等的絲質道布萊特上衣，他的內衣，他的肉。他震驚的表情，以及流出來的紅色血液，證實我砍中他了。

但那並不致命。剛剛那刀並不會置他於死地，不會。當我感受到痛苦和憤怒流經我全身上下，想起家人遭受屠殺的原因來自這邪惡男人時，當我看著他瞪大、驚恐的眼神並大喊：「這是為玳恩復仇！」，這才是他受死的時刻。

我雙手緊握劍柄，將聶達拉之光刺進他的心臟。

40 奇事的時代

瓦利斯將軍率領的和平軍在隔天抵達。

他們已準備好要作戰，卻迎來和平的局面。那是暫時的和平，脆弱，而且充滿不確定性、不穩定。

但仍然是和平。

敵對的兩軍同意後退，拉開五英里的距離。協商將會在一座簡樸的營地舉辦，只是圍繞著大型營火的十幾個帳篷。

薄薄的雪幕降下了。雪花朝火焰飛旋而去，托布和我盯著那融化的過程感到很開心。當時已經快傍晚了，外交會議的第一天也已經有了結論。大多數參與協商者都待在各自的帳篷內，不過隨著日子一天一天過去，會有愈來愈多人來到我們身邊。

「他們來了！」我推了托布一下，伸手一指。「我看到瓦利斯將軍和波蒂克了。」

「我們應該要去見見他們嗎？」

我咧嘴笑。「那樣比較合乎禮節。」

我們悠哉的走向氣勢駭人的騎兵與瑞格勒隊列。打算盡可能表現出平常的模樣，彷彿沒發生過什麼大事。

那樣很蠢，尤其在發生那些事後更顯得蠢。不過我猜我們有點鬆懈到輕浮起來了。我們緩慢的走路，托布倚靠著我的手。他在昨天的戰鬥中傷得很重，左獸掌腫成了原本的兩倍大。

「你好，瓦利斯將軍。」我呼喊。

「妳……妳妳……妳好？」他吞吞吐吐，「『妳好』是什麼意思？有什麼新消息？」

「我們只是打算泡一些茶。」托布說：「要不要一起啊？」

「是坦那敏茶，」我補充，「很提神。」

「你們要我一起……你們剛剛是說茶嗎？」將軍那張臉挫敗到紅了起來。「大家在哪裡啊？」

波蒂克舉起雙手。「別再演戲了，告訴我們，發生了什麼事！」

「好吧，」托布退讓了，「說來話長。」

「很抱歉，」我切換成比較嚴肅的語調，「首先，小姐傷得很重。倫佐在她身邊，陪她接受兩軍的醫務長治療。」

「她會好起來嗎？」瓦利斯問。

「老實說，我們很擔心。」我說：「她身上有箭傷也有刀傷。就在大約一小時前，我不得不安撫一個想要逃出她帳篷的戴瑞蘭醫生。她威脅別再給她喝臭死人的藥汁，否則就要他斷手斷腳。」

瓦利斯將軍仰頭大笑。「那可真是令人吃了顆定心丸啊。」他說，然後在馬鞍上前傾身體，「那卡薩呢？莫達諾呢？」

「小姐當時雖然有傷在身，還是找他們單挑決鬥。」

「應該說一打二比較對。」托布說。

「她殺死了卡薩。」我說，而且到現在還是對她的英勇感到敬畏。「然後還殺死了莫達諾的戰士。」

「只靠她自己？」將軍張大了嘴。

「呃，」我說：「她有一把很厲害的劍。」

「那莫達諾本人呢？」瓦利斯將軍問：「成為我們的俘虜了嗎？」

「我會非常樂意當他的獄卒。」波蒂克提議。

「唉呀，」托布說：「莫達諾已經不在了。」

波蒂克瞪大眼睛。「小姐連他也除掉了？」

「並沒有。」托布說，然後轉向我，伸出一隻獸掌。

瓦利斯將軍和波蒂克不敢置信的互看一眼。「不可能。」將軍說。

「不，」波蒂克說：「不。」

「我說是就是。」托布說：「玳恩殺手的命運還挺有詩意的。」

我並不像托布那樣替自己感到驕傲。我當時使盡全力將卡拉的劍柄往下壓，從今以後，將懷著無法抹滅的記憶活下去。

我永遠都會記著刀刃切開皮膚、器官、肌腱的感覺。

莫達諾的身影會一直在我腦海中揮之不去——他難以置信的看著我，然後只說了兩個字。「玳恩？」

他的眼神在我的目光下愈來愈渙散，而我同時背出我家族成員的名字，一個接一個念。這是復仇嗎？我想是。這也算是實現正義嗎？是。至少我這麼希望。

「我寧願看他被關起來贖罪，」我說：「不過我們……我……當時沒有選擇。」

瓦利斯將軍和波蒂克嚴肅的點了點頭。他們都明白我的感受，奪走生命是一種沉重得不可思議的負荷。任何生命都一樣。

瓦利斯將軍命令和平軍後退五英里，與另外兩支軍隊採取同樣的做法。軍隊完成移動後，他和波蒂克也來到了我們所在的營火邊。「現在該怎麼辦呢？」波蒂克問，並移動到火焰附近暖暖雙手。

「現在，」我說：「要大家坐下來談。小姐命令六大統治者物種，以及被忽略的第七物種……」我朝托布點了一下頭。「都派出代表過來，一同討論協商。」

「協商。」瓦利斯將軍重複了我的用詞，聽起來同時懷抱著希望和疑慮。

「洛利德碎頭者會代表拉提頓前來，」我說：「特拉曼堅持要派三個成員來發言。瓦利斯將軍，如果你願意的話，你可以和小姐代表人類。帕維詠女王將會親自前來為奈泰特發言，爭取自己物種的福祉。娜莉絲已經同意代表斐利韋。」

「喔，」波蒂克說：「那解釋了某些特拉曼為何在挖運河。」

「我們請特拉曼運用挖隧道技能，挖了一個通往河川的短水道——我們請求特拉曼的方式很有禮貌，我可以保證。那水道會加速奈泰特抵達的時間。」

「托布，我猜你會代表長久遭到忽視的第七個種族——渥比？」將軍問。

「是的。」托布驕傲的說。

「而妳，碧克斯，會代表玳恩？」波蒂克問。

「薩比托確認過了，麥克辛明天就會抵達。他會和我一起代表玳恩。我們希望到時候小姐的狀態已經好到可以參與部分討論。」

「部分？」瓦利斯挑出這兩個字。「她是推翻兩個暴君的人，是帶來和平的人。讓她說說她的心願吧，我們都會大聲說好。」

「小姐並沒有那樣期望。」我說：「她打算遵從這場大會師的決議。她會服務子民，不是統治。」

「服務，不統治？」波蒂克皺著眉頭，反覆唸了幾次，思考著。

「全天下都會臣服小姐，」瓦利斯將軍反駁，「沒有人會反對她。」

「對，」我同意，「但儘管如此，小姐仍是我的朋友，卡拉。就算全世界都臣服她，她還是會退開。」

「真怪。」波蒂克說。

「怪到不行。」將軍也持同樣看法。「然而，我發過誓要侍奉她。如果她希望服務子民，而非統治……」他聳聳肩。「真奇怪。不過，我們活在一個充滿奇事的時代呢。戰爭被阻止了，兩大恐怖暴君遭剷除了，而這都是由一名女孩、一隻玳恩和一隻渥比達成的。誰知道接下來還會有什麼奇事呢？」

41 七物種宣言

經過偶爾熱烈、大多時候乏味的八日會議後，物種代表們頒布了所謂的「七物種宣言」。

卡拉說服議會將渥比封為統治者物種。做出這決定並不困難，畢竟在面對機會渺茫的局勢時，渥比展現出驚人的勇氣。

這宣言的每一個字我都背得出來。

> 在這一天，歷經許多衝突和流血後，我們，也就是代表所有統治者物種的議會，鄭重宣示——從今天起，到萬物終結前，我們絕不會再彼此征戰。
>
> 所有土地上的領導者將會和我們一同保障所有物種的生命和自由，這些物種包括（依字母排序）：玳恩、斐利韋、人類、奈泰特、拉提頓、特拉曼，以及渥比。

不偏袒任何物種，而是給予每一個物種追尋自身幸福的道路。

戴瑞蘭、聶達拉，以及兩地之外的海洋，應由民眾選出的統治者管理，統治者應宣誓平等對待所有物種，服務並保護他們。

不再有任何物種的個體無緣無故被剝奪生命或自由。

玳恩同意讓自己的成員進駐到所有領土上，而這些領土的統治者同意讓玳恩進入議會，坦白公開一切運作，所有人才能清楚辨別謊言與真話。

那是一份內容簡單的文件，長度只有一頁，不過大家都知道在接下來幾週內會陸續討論出細項。還有一大堆工作得做。

過去從來沒有人考慮讓一班人選出自己的領袖。在某種叫「選舉」的活動舉辦前，戴瑞蘭會暫時由娜莉絲與其配偶甘布勒統治。帕維詠女王將繼續統治她的領海（她無疑受到人民的愛戴），並開始說服其他奈泰特統治者採納七物種宣言。

議會同時將聶達拉的暫時統治權交給卡拉。然而她強烈反對。「你們的提議使我感到榮幸，」她告訴大家：「但我很年輕，我沒有經驗。」

他們表示，卡拉阻止了一場戰爭，這是大多數統治者無法辦到的。

當卡拉對於掌權這件事的態度軟化時，才軟化一點點而已喔，物種代表們便建議卡拉自稱「聶達拉女王」。她只笑了幾聲。「我現在不是女王，將來也永遠不會是。」她語氣平淡，「被稱為聶達拉小姐已經是名不符實的榮譽了，我頂多也只能接受這種程度的榮譽。」

當甘布勒得知議會選擇他和娜莉絲一起管理戴瑞蘭時，他表現出典型的反應。「要我被一群顧問和參事包圍，拿我現在根本想像不出來的難題來糾纏我、逼我給答案？要我吃不是自己獵來的食物？要我規定人民該怎麼做？我才不要！永遠別想！」

娜莉絲盯著他看了許久，然後用沙啞大貓似的嗓音呢喃：「甘布勒。」事情就這麼成了。強大的甘布勒，有尖牙、爪子、蕩漾肌肉，可怕、危險又致命的甘布勒，只聽到娜莉絲的一句話便改變了態度。那讓我想起不久前，媽媽和爸爸之間的祕密眼神和悄聲呢喃。

想到我親愛的爸媽，悲傷又像冰冷的海浪打向我了。在過去瘋狂的數個月內，我沒有時間好好哀悼我的家人。我和卡拉還有其他人一起待了幾天，幾天很快就變成幾個禮拜，不過這段期間內我一直知道自己該做什麼。

某天傍晚，我發現卡拉在夕陽下散步，打扮得相當像盜獵者，也就是我第一次遇見她時的模樣，而那似乎是上輩子的事情了。雖然遠遠比不上斐利韋，但玳恩想要安靜移動時是可以很安靜的。然而，我還是沒令她吃驚。她沒轉頭便說：「晚安啊，碧克斯。」

「晚安，小姐。」

「喔，拜託別那樣叫我。妳別那樣，碧克斯。必須要有人把我看成平凡的卡拉，不然我會瘋掉。」

「那些讚美和崇拜讓妳很火大嗎？」我逗她。

她懊悔的搖搖頭。「起先我覺得有必要糾正他們，提醒他們我只是一個女孩，沒有忠實的朋友在，我根本不可能達成那些事。不過……」她揮了揮手，表示放棄。「一陣子過後我累壞了，所以現在就隨他們叫了。被崇拜是很不健康的，碧克斯。所以我永遠都不想當女王。我無法承受那些鞠躬的頭和崇拜的表情。」

「也許妳應該和帕維詠女王談談。」我建議：「她跟妳似乎是同一種性格。」

卡拉用左手抓起一把雪，捏成球，扔進樹林深處。醫生並不確定她的右手能不能完全恢復。

「我和帕維詠談過了，」她說：「她確實非常聰明。」

「她當時也給我留下了充滿智慧的印象。」

「妳知道她怎麼對我說嗎？她說：『卡拉，不要抱怨，也不要再糾正別人了。對他們來說真正要緊的不是妳這個人。人們度過了非常糟的一段時光，因此需要相信會有某個夠勇敢、夠強大的人來協助他們改善生活。』」

「就像妳說的，帕維詠女王很有智慧。」

卡拉看著我的眼睛，嘆了一口氣，「妳來是要告訴我，妳打算離開了吧。」

「麥克辛可以接下判讀真話謊話的工作。」

「對，但誰可以接下當我朋友的工作呢，碧克斯？」

「我永遠會是妳的朋友，卡拉。」我說：「但我有事得去，已經拖好久了。」

她點點頭。「我明白。」

「事實上，那就是我來找妳的原因。我想要妳准許我外出旅行，到我的上一個家園。」

「碧克斯，不管妳要做什麼，永遠都不會需要我的允許。但既然妳那麼堅持要將我並不渴望的女王權力塞到我手中，那我也要以女王的風範，給妳一個命令。」

「命令？」

她看著自己的腳。「等妳從旅途回來，我希望妳參加一個，呃，活動。」

我的嘴角上揚了。「那活動跟倫佐有關嗎？」

「有。」她盡可能不動聲色的說：「倫佐也會跟那個，呃，活動，扯上關係。」

「世界上的任何力量都無法阻止我參加那個，呃，活動。」我說：「那個，呃，活動，什麼時候要舉行？」

「三個月後。」

「我會到場，也許可能會帶上一個禮物，或許兩個禮物。一個是生日禮物，一個是為那個，呃，活動，獻上的禮物。」

她笑了。「這就是我需要妳的原因，碧克斯。我的地位變得太高了，沒有人會取笑我。」

「連倫佐都不行？」

「好點子。」她微笑，「在這方面我永遠可以指望他。」

「永遠可以。」

「妳什麼時候要走？」卡拉問，嗓音輕柔得像微風。

「明天天一亮。」輪到我嘆氣了。「我不敢跟托布說我要走了。」

「妳不打算帶他走？」

「不，托布冒夠多險了，他應該和同類待在一起。」我擦去一滴眼淚。「我打算這樣告訴他。」

卡拉的左手搭上的我肩膀，我們一起看著太陽沉到視野之外，黑暗在大地上延展開來。

「真好笑。」她說。

「什麼？」

「當我們相遇的時候——」

「妳是說，當妳抓到我的時候。」

「我是說，」卡拉說：「當我救了妳一命那時候。」

我點點頭。「那樣說也對。」

「當我們相遇的時候，我根本沒想過有一天會如此依賴妳，但後來妳成了我需要智慧時最先求助的對象。到最後，也只有妳可以拯救我們。」

這番話使我內心澎湃，雖然我知道那不是真話。「我們會來到這裡只有一個原因，那就是妳，卡拉。」

「我可不那麼想。」她說。

「而我會溫和但畢恭畢敬的反駁你。」

卡拉笑了。「妳說話的方式像個真正的大使。」

「呃，我有一些當大使的經驗囉。」

「我們都盡了全力，碧克斯。」卡拉說：「我們只需要知道這一點。」

42 與托布旅行

天亮了，我幫哈啾上馬鞍，準備離開。

前一晚，我十分堅定的告訴托布我要獨自上路。他是我最好的朋友，但我對他說，我要做的事情很可怕，不能邀請他同行。

這時，托布也十分堅定的告訴我，我走到哪，他就會跟到哪。

我知道最好不要跟渥比辯。

我們希望安靜離開，不吵醒任何人，結果發現倫佐站在哈啾旁邊，再三檢查這匹小馬是否已準備好上路。

「你不用來送我們啦。」我對他說。

他的手伸向我們的背包。「我不打算讓你們連再見都不說就溜走。」

「你討厭道別。」托布說。

「對。」倫佐暫停了一下，稍微調整哈啾的馬具。

「我們很快就會再見面了。」我說：「聽說有個活動要舉行。」

「你們最好要出席啊，」倫佐咧嘴笑著說：「我也許會需要一些情義相挺。」

「什麼活動？」托布質問。

「祕密。」我說。

「我討厭祕密。」托布埋怨，「幾乎跟說再見一樣討厭。」

我騎上哈啾，倫佐扶了托布一把。倫佐退後，雙手插腰，搖搖頭。

「別扯上麻煩啊，你們兩個。」他說：「除非我人也在場找樂子。」

我們騎馬經過帳篷排成的圓圈，越過一座小丘。早晨安靜無聲，霜雪氣味清爽。我們在移動中呼出的氣都變成了白煙。

「好安靜喔。」托布說。

安靜維持了幾分鐘。

然後就不安靜了。

我們右轉一個急彎，經過一片濃密的樹林，然後看到驚人的畫面。

和平軍在道路兩旁整齊列隊。瓦利斯將軍在那，波蒂克也是。麥克辛、薩比托、甘布勒、娜莉絲也都在等著。

當我們經過，每一個士兵便改採立正姿勢，瓦利斯將軍大喊：「為兩位大英雄喝采三次！」接著狂野的呼喊便響起了。

卡拉在隊伍的盡頭等著，上氣不接下氣的倫佐也在。我疑惑的看他，而他對我使眼色，意思是「我抄捷徑」。

卡拉用未負傷的那隻手抽出聶達拉之光，高高舉起。我懷疑她擦去了一滴眼淚，不過我自己也淚汪汪的，所以無法確認。

半里格過後，托布先開口說話了：「可憐的老瓦利斯將軍，他犯了一個錯。希望他不會感到尷尬。」

「犯錯？」

「對，他想說『為那位大英雄喝采三次』，結果說成了『兩位大英雄』。」

我轉過身去，開玩笑的頂了托布一下。「托布，面對顯而易見的事，你有時候真的開竅得很慢耶。」

我們的旅程持續了好幾週，平靜順利的沿著先前在危急時刻走過的大小道路折返。卡拉給了我們充足的珠寶和金幣當作旅行盤纏，於是我們沿路向農夫購買食物，某幾晚甚至借宿客棧。經常有陌生人借家裡的床給我們睡，因為聽過了我們的名號，這令我感到難為情。

我成了「真偽辨別者」，彷彿是我的正式頭銜似的。而托布的「渥比王子」之名也很響亮。

我們騎馬遠離某個特別熱情款待我們的村子時，托布說：「真希望大家不要叫我渥比王子，我真的一點也不享受。」

「托布？」

「是？」

「托布，我是什麼生物？」

「妳是玳恩啊，當然了。」

「對，那玳恩有什麼特殊能力呢？」

接下來是長長的停頓。「我想收回剛剛的說法。」

「是，我認為你該收回。」

愈遠離首都和戰場，對北方發生的事情瞭若指掌的人就愈少。土地上的人口較少，農田也較少，樹林和草地更寬闊。氣候也比較溫暖。樹上還有樹葉，花朵開著，空氣中充滿了茉莉和月花的清香。

某天下午，我們騎馬穿過空無森林，吃著馬鞍袋內的食物和沿路採來的莓果。

「這裡的一切，我熟悉多了。」我說，心情很感傷。我是在聶達拉這一帶長大的，不過當時必須不斷搬家。沒有一個地方是我們真正的家。剛好在哪裡落腳，哪裡就是家。

我們走在一條小路上，經過兩旁鑲著矮樹叢的路段時，我聞到空氣中有個令人不安的味道。

「托布，你有沒有聞到？」我問。

他聞了聞空氣。「有，而且我聽到路兩旁的森林裡都有動靜。」

有個男人走上我們的小路，他矮矮胖胖，穿著綠色的衣服，為了融入樹林顏色的那種綠。他手上拿著一把長劍，倚放在肩膀上。「停！」他大喊。

更多人從我們身後冒了出來，走上小徑。

「盜獵者！」托布低聲說。

「對，是曾經跟卡拉一起旅行的那幫人。」

「也是差點殺了妳的那幫人啊，碧克斯。」

我拉住哈啾的轡繩，而牠開始大打噴嚏，馬如其名。「你們想要什麼？」我問第一個男人，感覺自己意外冷靜。

他笑了。「當然是想要玳恩毛皮和渥比燉湯啊。」

我轉頭對托布說：「這個盜獵者打算傷害我們。你覺得他會記得過去幫他探路的黑髮少年嗎？」

「他怎麼了？」男人疑心重重的問。

「呃，首先，他不是個少年，而是一名年輕女子。」

「他是女的啊。那又怎樣？」

「她現在是一名小姐了。事實上，她就是那位小姐，統治整個聶達拉的那位。我們是她的朋友。我應該要先告訴你，我們要是傷到一根毛，她就會立刻帶著一支仰慕她、喜愛我們的軍隊來到這裡。」

盜獵者緊張的舔了舔嘴唇。後方有個聲音大喊：「他們說謊！」

「她是玳恩，」另一個聲音說話了，發抖著，「玳恩不能說謊。」

嚴格來說不完全正確，但完全沒有糾正的必要。

「如果那還不足以請你們讓開……」我抽出短劍。「我必須說，雖然我討厭暴力，只希望與人和平共處，但我是殺過生的。」

盜獵者笑了，但笑得沒什麼把握。他是捕獵動物的人，對於拿劍決鬥不怎麼感興趣。「妳取走誰的性命？」

「聶達拉莫達諾的性命。」

盜獵者眨了眨眼，萬萬沒料到我會說出這個名字。

「我並不引以為傲，」我補充：「我並不想再奪走其他生命，但如果你們不讓開……」

我讓那番話在空氣中縈繞。接下來的一分鐘，那盜獵者盡全力表現出大膽又帶威脅的態度，最後還是退開了。

我收起劍。「和平已經降臨這片土地了。」我用較為柔和的聲音說：「莫達諾的極權統治導致許多人不得不靠搶劫或盜獵維生，不過小姐不是莫達諾。往後願意做事的人一定會有工作，願意守法的人會有法律作為後盾。投奔小姐，與她和好吧。她很仁慈的。」

沒想到，那男人脫下了帽子表示敬意，然後說：「和好？聽起來很不賴。」

「告訴小姐是碧克斯要你過去。她可能會給你和你的手下一點差事做。」

我們走遠後，托布說：「那原本也許是報上名號的好時機，妳說妳是真偽辨別者，我說我是渥比王子。」

「你知道那只是頭銜，對吧？不會給你任何權力。」

「權力？呵，我才不想要權力，也不想要財富或名氣呢。」

「托布。」

「好吧，我再次收回。」他嘆了一口氣，「跟玳恩一起旅行一點也不好玩。」

最後我們終於來到一棵枝幹很粗、充滿親切感的橡樹旁，我勒馬。

「為什麼要停下來？」托布問。

「因為我認得這棵樹，我知道我們在哪裡了。」

「嗯。」

「接下來我希望獨自前進。」我說，而托布這次沒跟我爭。

43 歸來

我無法，也不願意描述接下來幾個小時的完整經歷。我只能說，我找到了非找到不可的東西——被太陽晒到發白的、我每個心愛同伴的骨頭。

儘管知道自己會發現什麼，我還是沒準備好要承受刀割般的心痛。我從小馬身上半爬半跌下來。

我跪到地面上，釋放出壓抑許久的悲傷。我像動物般嚎叫。我用拳頭捶打自己的胸口。我啜泣。

不知道經過了多久。我猜，時間會在需要它消失時消失。

最後我站了起來，從灼痛的眼中擠出最後一滴眼淚，然後擦乾自己的臉。我發現哈啾在不遠處嚼草。然後我從行囊中拿出鏟子，帶這來就只是為了這個用途。

我開始挖洞。

這是苦工，但我從中獲得滿足感，也幫助我分心，不去想接下來的可怕工作。

我只挖了一個洞，深度不及我的身高，這樣我爬進爬出才不會太辛苦。當我滿身土、汗溼又痠痛的爬出地面時，看到每一小堆骨頭旁邊都放了一朵小紅花。

「你不該獨自完成。」托布說。

「我是我們玳恩幫裡最後一個成員，托布。只剩我了。」

「你們幫裡最後一個，」他輕聲說：「但不是你們物種的最後一個。」

我們小心翼翼將骨頭聚在一起。過程中，我讓心思轉向曾經開心的時光。媽媽的甜蜜笑容，爸爸的智慧諺語。我回想哥哥姊姊，他們喧鬧又愛開玩笑、和善又深情。我想起米克索，我們英勇的探路者。還有玳林特，我們的老師、歷史家。現在有誰能讓那段歷史繼續？

托布找了一株小樹，種到墳墓上當作記號。我們當晚在樹林裡過夜，距離墓地二、三十碼的地方。

到了早上，我說：「謝謝你，托布。謝謝你，我最、最要好的朋友。」

他點點頭。「應該的。換作是妳，也會為我做一樣的事。那我們現在要去哪？」

「喔，我們要回北方，托布。有個活動要舉行了。」

「啊，對啊。那個祕密活動。」他朝我揮動一根手指。「我沒纏著妳打聽是有原因的。我自己猜到了。」

「你想的活動，跟兩個相愛的人類有關嗎？」

「確實有關！」托布大叫。

我們上馬，然後我停頓了一下，回頭看墓地最後一眼。我希望那棵小樹會紮根、長大。但我不確定自己還會不會回到這裡。

「碧克斯？」托布問。

「怎麼啦？」

「那個……活動結束後，妳會怎麼做？妳會去找其他玳恩，跟他們一起生活？」

「我不知道耶，托布。你會回波西卜嗎？回去與其他渥比一起生活嗎？」

「我一直以為我會。」托布聳聳肩，「但現在看來，似乎沒那麼重要了。妳懂嗎？」

「我懂，」我輕聲說：「我真的懂。」

我們安靜的騎著馬。沒走多遠，我便聞到小徑另一頭傳來某種味道。我知道那味道是什麼。或者說，至少我的心知道，即便我的頭腦不清楚。那像是夢的碎片，給人一種奇怪的熟悉感。在本能和遙遠記憶的刺激下，我騎進樹林深處。

有了，是幽魂湖，模樣跟我記憶中的相同。

沙岸。克利勒樹，以及閃亮的淡金色葉子。黑色地面，彷彿打磨得光滑的石頭。就連藍色松鼠也在，正嘰嘰喳喳的叫，為我們的打擾感到火大。

「看到藤蔓了嗎？」我對托布說：「我和哥哥姊姊以前會拉著盪出去，降落到湖裡。」我稍微笑了幾聲，「呃，應該是說他們會才對。我當時不敢。」

「妳？不敢？」

「一直以來都不敢。」我說：「我開始覺得生命就是那麼一回事了。」

「要在這裡停留嗎？」托布問：「給馬喝的水很足夠。」

「對，但我不夠。托布，你知道我需要什麼嗎？我需要游個泳。」

我拿了一根長棍子放入冰水中，確認深度跟記憶中相同。兩隻銀色的魚從棍子旁迅速游過。

我攀到低垂的樹幹上，同時感覺到熟悉的期待和恐懼使我身體發抖，我一度又變回了從前的碧克斯，懷抱著那些希望、擔憂、渴求。

接著我盡全力一蹬，盪得遠遠的，到了池塘上方，然後鬆手。

尾聲　十年後……

「只剩下一件事，就是掛上高級首長的官方肖像畫，就搞定了。」我說，撥掉毛上的灰塵，然後用評判的眼光看了看四周。

我望出窗外，看著熙來攘往的學者島，以及更遠處的平靜海港。我已經在學院工作好幾年，重建著真理之柱的玳恩樓層，不過眼前的畫面我永遠看不膩。

真理之柱內包含了研究玳恩和渥比的樓層。曾經，玳恩被認定絕種，那一層樓成了儲藏室。如今塞滿了皮革書、地圖、素描、口述歷史的抄寫稿。

我的兩個年輕玳恩助手是一個男孩，以及一個年紀稍大的女孩，他們跑過去抬起天鵝絨布覆蓋的肖像畫。鉤子已在牆上定位，旁邊也擺了一把高高的梯子。他們小心挪動畫作，好不容易掛好了。

「碧克斯老師，我該掀開布了嗎？」拉莉克絲，那個女孩問道。

「是的，麻煩妳。」我已經看過那張肖像畫了，不過孩子們還沒。

她拉下那塊布，露出一張熟悉的臉，老了十年的臉。大家都偷偷說卡拉彷彿不會變老，但我還是看得出來。繁忙的公務在她臉上添增了幾條淡淡的皺紋，以及些許智慧和重力的痕跡。那是功成名就的女人之臉——偉大的卡拉珊德，聶達拉高級首長，由自由且團結的人民推舉出的統治者。

對許多人而言，是偉大的卡拉珊德。

對我來說，是親愛的老友卡拉。

兩個人類模樣的小惡魔衝進房間來了，一男一女，是五歲雙胞胎，有母親的黑色髮髮和父親的淘氣微笑。

「碧克斯姑姑，妳還有奶油蜂蜜蛋糕嗎？」愛麗莎問道。

「有喔，如果我的助手有留的話。」我指著桌上。他們像野獸一樣撲向蛋糕——或者說很有五歲人類的風範，就我所知兩者差不多。我最近拜訪了甘布勒、娜莉絲和他們的四個小孩，相較之下，年幼的斐利韋是乖巧幼兒的典範。

倫佐在門邊出現了。「哈囉，碧克斯，」他說：「還是該稱妳碧克斯迦里呢？」

我笑了。上個月我才獲得「迦里」這個頭銜，我還不太相信這是真的。這名號屬於學院內最有影響力、最受尊敬的學者。

「當然了，我是唯一一個玳恩迦里，」我對倫佐說：「我們數量並不多。至少是還不多。」

卡拉進來了。「我們的可怕小鬼有沒有煩到妳？」她問，並擁抱我。

「噢，只要跟蛋糕扯上關係，他們就會變成野獸，不過我們會活下來的。」

倫佐仰望著他妻子的肖像畫。「卡拉，可惜妳在現實中看起來沒有那麼美。」

她開玩笑的巴了他肩膀一掌，然後兩人牽起手，一如往常的恩愛。

愛麗莎從前廳衝了進來。「我們找到托布了！」

「他在打呼！」卡羅驚呼。

「打呼？」憤怒又昏昏欲睡的嗓音回答：「唉，我是在研究渥比的古代卷軸啊。閉上眼睛腦袋才會更清晰！」

托布拖著腳走出來，揉掉眼中的睡意。一看到卡拉，他便深深鞠躬。遇到領導者要這麼做才有禮貌，而托布是極為有禮的生物。

「我原本在思考宇宙的本質。」托布咕噥，「結果就被這些小鬼頭圍攻了！」

托布一年前娶了很有包容心的渥比尼珀，目前沒有小孩。嘴裡雖然抱怨，他還是很寵這對雙胞胎。

卡拉看著剛掛上去的肖像畫，歪了歪頭。「我看起來有點暴躁？」

倫佐將她抱近。「一點也不，妳看起來很可愛。有誰持不同意見，我就去找他幹架。除非，呃，對方塊頭比我大。」

「碧克斯，我在想，」卡拉說：「妳現在擁有這些舒適和安逸，還會想念我們以前東奔西跑、不斷面臨危機、一直在逃命的日子嗎？」

「不會，」我說：「一點也不。」

托布搖搖頭，「我絕對不會。」

「我也不會。」倫佐同意。

「我也一樣。」卡拉說。

就算不是玳恩也聽得出來，我們四個都在撒謊。

作者謝詞

我要向了不起的編輯 Tara Weikum、Jenn Corcoran、Audrey Diestellkamp、Vaishali Nayak、Emily Zhu、Renée Cafiero、Sarah Homer、Barb Fitzsimmons、Alison Donalty、Jenna Stempell-Lobell、Chris Kwon、Patty Rosati、Andrea Pappenheimer、Suzanne Murphy，還有其他曾經協助本書問世的哈潑柯林斯工作人員。我也要感謝我優秀的經紀人，Pippin Properties, Inc.的 Elena Giovanazzo。

故事館
移動島傳奇3唯一繼承者
小麥田 Endling #3: The Only

作　　者　凱瑟琳・艾波蓋特 Katherine Applegate
譯　　者　黃鴻硯
插　　畫　KIDISLAND・兒童島
封面設計　莊謹銘
協力編輯　葛蕎安
責任編輯　徐　凡

國際版權　吳玲緯
行　　銷　闕志勳　吳宇軒　陳欣岑
業　　務　李再星　陳紫晴　陳美燕　葉晉源
總 編 輯　巫維珍
編輯總監　劉麗真
總 經 理　陳逸瑛
發 行 人　凃玉雲
出　　版　小麥田出版
地址：10483台北市中山區民生東路二段141號5樓
電話：(02)2500-7696
傳真：(02)2500-1967
發　　行　英屬蓋曼群島商家庭傳媒股份有限公司城邦分公司
地址：10483台北市中山區民生東路二段141號11樓
網址：http://www.cite.com.tw
客服專線：(02)2500-7718｜2500-7719
24小時傳真專線：(02)2500-1990｜2500-1991
服務時間：週一至週五09:30-12:00｜13:30-17:00
劃撥帳號：19863813　戶名：書虫股份有限公司
讀者服務信箱：service@readingclub.com.tw
香港發行所　城邦（香港）出版集團有限公司
地址：香港灣仔駱克道193號東超商業中心1樓
電話：+852-2508-6231　傳真：+852-2578-9337
馬新發行所　城邦（馬新）出版集團【Cite(M) Sdn. Bhd. (458372U)】
地址：41, Jalan Radin Anum, Bandar Baru Sri Petaling, 57000 Kuala Lumpur, Malaysia.
電話：+6(03) 9056 3833　傳真：+6(03) 9057 6622
讀者服務信箱：services@cite.my
麥田部落格　http://ryefield.pixnet.net
印　　刷　漾格科技股份有限公司
初　　版　2022年10月
初版二刷　2023年1月
售　　價　340元

ISBN 978-626-7000-73-1
EISBN 9786267000786 (epub)
Printed in Taiwan.

國家圖書館出版品預行編目資料

移動島傳奇3唯一繼承者／凱瑟琳・艾波蓋特（Katherine Applegate）作；黃鴻硯譯. -- 初版. -- 臺北市：小麥田出版：英屬蓋曼群島商家庭傳媒股份有限公司城邦分公司發行, 2022.10
面；　公分. --（故事館）
譯自：Endling. 3, the only
ISBN 978-626-7000-73-1（平裝）

874.59　　111011895